La novela que soy

Hannah Imbert

La novela que soy

Copyright © 2014 Hannah Imbert

ISBN: 061599508X
ISBN-13: 978-0615995083

A las dos orillas…

I

Esta es una historia que debería acabar de borrar, sacar para siempre de mi mente, escoger de ella solo los buenos momentos y con esos seguir alimentando mi esperanza de cambio. Y lo confirmo mientras parada en el balcón aspiro esta bocanada de Popular que me envenena los pulmones y me tranca la glotis. Miro hacia atrás y tropiezo con la mirada seria de Juan Manuel, en ella están contenidos todos los reproches que no dice en voz alta para no hacerme sentir peor. Si fuera por mi esposo jamás regresaríamos a la Patria, para él se diluyó, se perdió en algún momento del tiempo, de la geografía, de las decisiones de los que gobiernan y de los que se dejan gobernar. Nunca ha podido entender, no le cabe en la cabeza por qué sufro tanto este pedazo de tierra, por qué insisto en volver una y otra vez como si fuera masoquista y me gustara todo este sufrimiento.

Siempre he creído que Juan no conoció a la verdadera
Hannah y pienso entonces que esa mujer se quedó en
Cuba, que me la arrebataron cuando entré a
Inmigración con el sobre amarillo. A nosotros dos nos
unen tantas cosas que el primer día que salimos solo
nos sentamos a conversar en un malecón improvisado
de Brickell. No nos hizo falta más nada para
entendernos, para sentir que habíamos encontrado un
pedacito que andábamos buscando. Pero también nos
separan muchas otras, Alejandro, Yaciel, Amarú,
Micaela, Raciel, Hanoi, Madelayne, Deborah, Luisa,
Adonis, Marben, Ernesto, Leonardo, Ismaray, Jorque
Enrique, Lisette, Susana, Pedro, Ofelia, Olazábal,
Ernesto López, Abel Prieto, ¿qué será de la vida de toda
esa gente?

Desde aquí contemplo una Cuba que no cambia, que se
mantiene estéril desde el lado feo. Veo a la misma gente
en la cola de la guagua que para en la esquina de Carlos
III e Infanta, a ésa solo le han cambiado los números, el
modelo y la marca, quizá hasta las rutas; pero su esencia
de sudores rancios, de olores a cebolla mezclados con
colonia "7 Potencias Africanas", de hombres pegándose
a las mujeres y llenándolas de aliento de macho
estibador del puerto, de choferes de mal carácter que
se creen los reyes del mundo y ponen en la
reproductora a José José a todo lo que da el volumen
mientras le gritan al universitario que suelte el tubo y
avance, de carteristas magos tan bien entrenados como
el mismo Houdini, de ancianas con fatigas y sin sueños
ya, de niños desmayados sin desayunar, sin almorzar,
cargando mochilas llenas de libros, libretas, cuadernos

de trabajo, mochos de lápices de colores, gomas de borrar prestadas, de hombres que se hacen los dormidos para no darle el asiento a las mujeres; su esencia de transporte público donde se lleva cualquier cosa, desde animales vivos para una ceremonia santoral, tambores, dulces para cumpleaños que se mantienen en alto y llegan a salvo, bicicletas, comida en pozuelos para enfermos que destilan líquidos y olores a veces buenos, a veces malos, hasta todo el equipamiento para un rodaje, cámaras, micrófonos, trípodes, maletas de luces; ésa, no la ha perdido ni la perderá nunca la guagua. Y mientras lo pienso me da tristeza, pero es un sentimiento que reconozco como propio de esta Isla del Caribe. No puedo evitar sentir pena por toda esa gente que se faja a carterazos, a empujones y mordidas por treparse en ese pedazo de metal. Y cuando siento que las lágrimas están llegando, que mi pecho se empieza a cerrar como si me fuera a ahogar, me pregunto por enésima vez, por qué sigo viniendo, por qué no puedo evitarme todo este sufrimiento que soy incapaz de disimular, por qué si apenas me quedan familiares y amigos en Cuba, si me molesta el color del que están pintadas las casas, el olor de las calles, el sol, el calor, la lluvia, la comida, el agua, los mosquitos, la gente que ya no está, la ropa blanca que no es blanca, el precio del aceite, de la gasolina, de ser cubanos y también el de no serlos, la falta de educación de la gente y sus rostros, si me molesta todo, para qué sigo regresando, qué espero encontrarme y cuándo. 18 largos años han pasado desde que me fui a los Estados Unidos, 6570 días, 157 680 horas y todo en este rincón del universo sigue igual.

Mi hijo de 10 años viene corriendo desde el final del pasillo de la casa y me abraza feliz, para él todo esto es una fiesta, nuevos amigos a los que les descubre la nutella, los muñecos que se arman y se desarman en segundos, los últimos juegos en la computadora. Esta casa en La Habana es el sitio para correr descalzo, para olvidarse de las tareas, de los horarios, para conocer a las tías que en realidad no lo son pero no importa. Para Matías éste es el lugar para ser libre y yo me sonrío al pensarlo, al mirar las diferencias.

¿Qué hubiera sido de mi niño si hubiera nacido en los años 80 o los 90 en Cuba, si hubiera vivido el período especial, si no hubiera tenido tablets, ni ipod, ni Internet, ni cine tridimensional, no google, ni leche sin lactosa, ni libertad? ¿Si sus juguetes hubieran sido el legado de los primos mayores, aquellos del básico y el no básico, si como yo hubiera tenido una sala de politraumatizados con muñecas sin brazos y pelo que nunca volvía a crecer aunque yo soñara con ser peluquera, si hubiera tenido que ir a dar clases, a la educación física, a las actividades extraescolares, al cine y a los cumpleaños, con el mismo par de zapatos, si hubiera tenido un solo par de crayolas, 5 lápices de colores que tenían que durar todo el curso y si se hubiera tenido que acostar alguna vez con el estómago vacío como lo hicieron muchos o lavarse la boca con jabón de baño?

Suspiro, solo eso me queda cuando mi mente llega a

esos escenarios, cuando los rememoro y los vivo de nuevo, y mi buen esposo no puede soportar más verme sufrir desde lejos y se acerca y me acaricia la cabeza como a una niña abandonada, porque eso es lo que soy en mi ambiente natural, desde que atravieso el umbral del aeropuerto de La Habana hasta la entrada de lo que algún día consideré mi casa. Juan no comparte mi pesar, le molesta mi cara de "estoy a punto de llorar" y yo solo lo aprieto contra mí y me refugio como la niña perdida que soy entre sus brazos e intento pensar en mi casa en Madrid, en los premios que he logrado lejos, en los sueños que el exilio me ha permitido tener y en este hombre / ángel que Dios y Ochun pusieron en mi camino para hacerme feliz y le pido con todo mi cuerpo que lo entienda, que no me regañe, que no me cuestione, que saque su parte de Cubano que está lejos.

Entonces, para romper la inercia, se va la corriente y escucho a mi prima Yahíma gritar desde la cocina porque la comida no va a estar a tiempo. Yahíma es 9 años menor que yo y cuando tenía solo 16 su madre me llamó desde la Isla de la Juventud donde ellas vivían. Recuerdo que estaba sumamente nerviosa y que me dijo que no podía más con la hija, que se estaba yendo por el camino malo, por la senda equivocada, que hasta le habían tenido que hacer un legrado y yo, que solo tenía 25 años y estaba sufriendo sola con mi abuela le dije que me la mandara para La Habana, que en el tiempo que me quedaba ahí me encargaría de enderezarla. Y juntas nos enderezamos, ella me ayudaba en la casa, yo le daba libros que le costaba un mundo de trabajos leerse, juntas veíamos la pelota acostadas en la

5

cama mientras yo me pintaba las uñas porque el nerviosismo me daba por eso, le gritábamos al televisor y ella se divertía con la mascota del equipo Industriales al que le íbamos con corazón y alma. Como dos hermanas pasamos ese tiempo antes de que yo me fuera de la isla.

Y ahora veo a esa prima que se quedó viviendo en la que un día fue mi casa, casada con un buen hombre, con un hijo de 15 años que sueña con ser escritor y ganar un Pullitzer, en el final del pasillo, con un delantal puesto, gritando porque le quitaron la luz y va a tener que lavar a mano toda la ropa y no sabe cuándo carajo, perdóname Juan, se va a secar, ni dónde mierda, discúlpame de nuevo, se mete todo el petróleo que produce este país. Y yo sonrío, no me burlo, no me causa gracia, pero no puedo evitar la mueca en mi rostro porque todas esas palabras las conozco, las oí antes, porque confirmo que no es un deja vu, que simplemente esta isla se detuvo en el tiempo y Renté sigue vivo jugando con los botones de la termoeléctrica. Y me impresiona recordar a Renté, que no es un hombre, no es una persona, sino el nombre de una de las termoeléctricas más grandes del país pero que el pueblo cubano asoció y acuñó como un personaje que estaba sentado delante de una máquina con millones de botones y al que cuando le decían: Renté, sube 20 megawatts, apretaba un botoncito y dejaba sin luz a cientos de viviendas. Mientras me imagino a este hombre pequeño, de bigotes, con camisa de cuadros y bolígrafos en el bolsillo, Juan Manuel me mira serio y me habla.

-Tú deberías escribir sobre esto. Una novela, eso es lo que necesitas para sacarte a este pedazo de tierra con dictadores incluidos del alma. Inténtalo, me lo vas a agradecer, esto solo puede ser bueno en el papel.

Y por un momento se me pone la mente en blanco, olvido a Renté, a la gente que hace la cola en la esquina para coger la guagua, a los niños que nacieron en los 80 y en los 90 y solo logro escuchar a mi prima con la pataleta y me viene a la mente Madelayne fumando por primera vez en el sótano de la secundaria, mi primer beso con Michel en el pasillo del edificio de la calle Central, la bronca de los padres de Alejandro que terminó en un juicio para exigir la custodia del niño, los aguaceros por 26 con la blusa blanca, la beca con solo 15 años que parecía una cárcel por la comida y las literas pero no era tan mala como la pintaban algunos, el pre que era solo para enfermos pero estudiaban también los hijos de los ministros y los directores de empresas y también llegan a mí flashazos de gente que nunca voy a poder olvidar, lugares, olores, fechas.

Una novela, voy a escribir la novela de mi vida que va a ser también la novela de mi tiempo y cuando me empiezo a reír y le voy agradecer a mi esposo por la idea llega la corriente y el televisor, ese eterno acompañante de las casas cubanas nos da las buenas tardes y escucho a Yahíma gritar de nuevo porque le van a joder todos los equipos, que para eso lo hacen, para joder y le pide disculpas a Juan de nuevo por las malas palabras, por vivir en el país que vive y por no poder dejar de coger lucha con las cosas que pasan. Y yo descubro en ese pedazo de balcón que en otro tiempo fue de mi abuela que lo que tengo que hacer es escribir, sacarme a la isla del cerebro para que solo ocupe el lugar que se merece en el corazón.

II

Han pasado seis semanas y no es la canción de los Van Van, aquella con la que bailaron los jóvenes que ahora rondan los 70, son seis semanas desde que llegué de Cuba. Cuántas cosas hay que hacer cuando uno llega de Cuba, lo primero, volver a adaptarse al mundo real, es como llegar de otro planeta, o como volver a nacer. Uno de mis clientes más importantes ni siquiera sabe dónde está Cuba, ni que hay un hombre que se llama Fidel Castro y que hay otra cosa que se llama Embargo Económico, ni CUC, ni que hay gente en una isla que todavía cocinan con luz brillante y padecen de una dictadura. Dominico nunca entendió a dónde yo me iba durante 15 días de vacaciones y cuando llegué yo no tenía fuerzas para explicárselo.

Matías todavía llora porque extraña a los negritos con los que corría por la calle sin zapatos, con los que se bañó por primera vez en un aguacero, comió mango verde cogido directamente de la mata del vecino y no he encontrado la mejor manera de decirle que es muy probable que aunque los recuerde toda la vida, nunca más los vuelva a ver. La próxima vez que él vaya a Cuba esos negritos, o se fueron del país en una lancha o están presos. ¿Cómo le puedo decir eso a mi hijo sin que se le caigan las alas de niño que cree en Papá Noel?

Nunca me he demorado tanto frente a la hoja de Word en blanco, cierro el documento vacío, lo vuelvo a abrir, ensayo unas letras que son seguidas del backspace y aunque sé que no será el título definitivo le nombro, "La Novela de mi Vida". Ya recurrí a los primeros auxilios, puse inciensos, aceites aromáticos, cambié el orden y el diseño del estudio, incluso cambié el color de la pared frente a la computadora, tomé tazas de café y de té con los pies encaramados en la silla, me corté las uñas de las manos, me las pinté de otro color y me puse el anillo grande, el de hippie, después deshice todo eso y le encendí una vela a mi guía espiritual, al príncipe árabe que me acompaña, comí chocolates y me encerré en mi habitación, donde nunca escribo, con un blog amarillo sobre las piernas, incluso logré sacar de quicio a Juan Manuel y que se fuera a dormir a la sala.

Nada funcionó y ya me empiezo a poner de mal humor, comienzo a sospechar que la maldición Isleña me va a perseguir hasta la muerte, que nunca voy a poder sacarme a esa isla de la cabeza, que no a parar de rondarme la cabrona sensación de que me quedaron cosas por vivir entre sus aguas, hombres que conocer, logros que alcanzar, cartas que enviar, disculpas que pedir. Me levanto despacio de la computadora y coloco mis 45 años desnudos frente a la imagen que tengo de Cuba en mi estudio, la que le pedí a Juan que me dibujara:

-Si estoy aquí es por tu culpa, tú eres la responsable, tú nos criaste débiles, tú pariste al que nos alejó a todos y al que sigue separando gente aunque ya esté muerto.

Lloro, intento sacarme todo lo que tengo adentro. En casa todos duermen y yo lloro convencida de lo que me pasa. Esta no es la vida que yo quería, esta no es la historia que yo quisiera contar, esta no es la Cuba que quisiera retratar en un montón de páginas. Lloro porque quisiera haber tenido al malecón siempre cerca, a los leones del Prado, a mi primera casa, al hospital donde nací, al pasillo donde me dejé besar por primera vez, porque no quisiera tener que escarbar en lo profundo de mi mente para encontrar esos escenarios, sino salir afuera y verlos, tocarlos, sentir el frío de la madrugada sobre ellos. Y dejo escapar sollozos mientras pienso en el 26 de julio, en José Martí, en Bolem y Lolem, en la bandera de la estrella solitaria con su triángulo rojo por la sangre derramada por los cubanos, en los hermanos Castro y su sistema de mierda y su revolución fantasma y doble moral y lloro también por Juan y por su familia, por todos mis amigos que está fuera, divididos, alejados.

-Nunca vas a salir de aquí adentro carajo, lo prometo, pero déjame sacarte de una vez de la cabeza, permíteme vivir lejos y ser feliz. Anda Cuba, no seas cabrona.

III

Lentamente, como en un ejercicio de la mente, he empezado a organizar mis recuerdos, mis años y también un poco mis sentimientos. Me viene a la mente una canción de Habana Abierta que dice, "desde más lejos se oye más bonito" y pienso en cuánta razón esconden esas 7 palabras juntas. Lo que ayer me hacía llorar, avergonzarme, hoy me da gracia, me hace reír a carcajadas. A las personas que ayer quise lejos de mí, sepultadas 100 metros bajo tierra, hoy les agradezco por las enseñanzas. Y también gracias a este ejercicio descubro causas, consecuencias, rasgos de mi personalidad. Siento que me alejo tanto de mí al escribir estas líneas que tengo miedo que al final no me guste lo que escribo.

He buscando, intensamente, mi primer recuerdo. He tratado de quitar las telas de araña que hace la memoria para engañarnos y atraparnos por otros caminos más felices. Pero yo no quiero el más lindo, quiero solo las primeras imágenes de mí misma. Y aunque están borrosas, aunque llegan a mí en el sepia de las fotos viejas, me veo sentada en una casa de campo. Mezclo lo que me imagino con lo que sé y construyo mi primera anécdota.

Corría el año 1988 y estábamos en Bayamo, Granma adonde habían enviado a mi papá para que se hiciera cargo de la Sala de Neurocirugía del hospital provincial. Al médico excepcional lo invitaban todos los fines de semana a una fiesta en su nombre por alguna de sus hazañas médicas. El resultado era que mi hermana y yo, todos los fines de semana éramos el centro de los elogios y las atenciones de guajiros que se quitaban lo que fuera necesario para ver a la familia del médico feliz.

Mi hermana siempre decidía correr por los alrededores de las fincas con todos los otros niños a retortero. Terminaban siempre fajados, sudados, llenos de churre y golpes. Yo, con solo tres años, prefería la tranquilidad que me proporcionaba un lápiz y una hoja en un lugar de la casa. Mientras tanto los mayores bebían cerveza o ron, jugaban dominó, hablaban de política, deportes, mujeres y algunos echaban un pasillo con la música que hubiera.

Uno de esos días, en el medio de la algarabía y la felicidad, alguien dejó al alcance de mis pequeñas manos una jarra de cerveza. Después de más de 40 años aún puedo recordar (tal vez solo una treta de mi imaginación) el ardor del líquido frío al pasar por mi garganta. Me la tomé completa y esperé tirada en el sofá de la casa a que mi papá fuera, como hacía siempre, a darme una vuelta. Solo que esta vez, tirada en una posición en la que yo estaba cómoda pero que llamó la atención de mi papá al verme, le dije, arrastrando la lengua, algo que debió sonar como:

-Api, en acá.

Que debió ser, papi, ven acá. Mi padre, médico y bebedor entrenado no tardó mucho en asociar mi léxico confuso con la jarra vacía muy cerca de mí. Para nosotros la fiesta terminó temprano ese día. Mi papá nos montó a todas en el Moskovitch que le habían dado por pelear en la guerra de Angola y ser un médico internacionalista y nos llevó a toda velocidad hasta la posta médica más cercana. La enfermera de guardia no entendió cómo era posible que la hija mayor del Dr. Imbert estuviera toda llena de churre y sudor, la esposa caminara trastabillando con unos tacones de madera por aquel piso de tierra y la hija menor, pasara la borrachera con aquel lavado de estómago que él mismo le estaba haciendo.

De esa forma mi padre me ahorraría la primera resaca de mi vida, aunque por desgracia no la última y a partir de ese día estaría prohibido terminantemente beber cerca de la niña.

Increíblemente ese es mi primer recuerdo nítido y sé que al contárselo a Juan Manuel se va a reír y va a decir que lo entiende todo sobre mi gusto por el vino y los licores, también por las fiestas y por el baile. Otros recuerdos sueltos llegan a mí de mis primeros años, me parece recordar el apartamento en el que vivíamos en Bayamo, en el último piso de un edificio de microbrigada, la cómoda de la Dra. María Salcedo a la que yo visitaba en la planta baja, mi manera de cambiar la T por la C al hablar por lo que decía tarro en vez de carro y tasa en vez de casa.

Luego de eso hay un vacío y lo próximo que recuerdo como si fuera hoy es fue una pela que me dio mi papá por desobedecerlo ya cuando vivíamos en La Habana. En aquellos tiempos yo tenía prohibido bajar las escaleras del edificio, era muy pequeña y aquel barrio bastante complicado. Pero ese día, por el embullo de los otros niños que sí podían bajar, me atreví. Solo había bajado tres escalones cuando sentí detrás de mí la voz de mi papá llamándome Janelita (que era igual a problema). Me veo entonces caminando por el pasillo mientras mi papá me daba nalgadas y recuerdo también que me hice pipi del tremendo susto que pasé.

Yo era un fleco de niña, casi siempre andaba con unos blúmer que mi mamá me había comprado que tenían unos vuelitos en las nalgas y sin nada para arriba. Era muy cómica, solo ojos y culo, como decían muchos y recuerdo que llamaba la atención en todos los lugares a los que llegaba, sobretodo de los que peinaban canas. Siempre dispuesta para salir, mi mamá solo tenía que decirme vamos y yo sola me vestía y me alistaba. Por eso un día me fui sin blúmer para la calle, me imagino que no me haya dado tiempo y así mismo salí.

Puedo decir que tuve una linda infancia, aunque tenía solo un par de zapatos hechos por mi mamá que se me salían al caminar, aunque la figura de mi padre sea como una de esas que se desdibuja al intentar acercarnos, aunque solo a mis 5 años llegara el Período Especial para acabar con los sueños de muchas generaciones. En general, dentro de la burbuja que intentó crearme mi mamá, no dudo que haya sido una niña feliz.

IV

Mientras me preparo el café que termina de despertarme todas las mañanas me pregunto si a alguien en el mundo le interesará la historia de mi vida. A lo mejor estoy siendo demasiado pedante y egocéntrica al pensar que tengo algo especial que contarle o enseñarle a los demás. Hasta ahora mismo soy una simple mortal, no sobreviví a ninguno de los grandes accidentes que han acontecido en la tierra desde mi nacimiento, no poseo una inteligencia particular ni un talento que la humanidad vaya a extrañar cuando ya no esté y si es cierto que poseo algún talento ha sido hasta ahora para contar historias de ficción, para llevar a la vida personajes que solo existen en mi imaginación.

¿Y si Juan se equivocó? El también tiene derecho, no sería la primera ni será la última. Tal vez la culpable soy yo por entusiasmarme demasiado con la idea, por seguir siendo tan impulsiva y un aire helado me llena el estómago y me corta el aliento. Hay garabatos por todos lados, notas, mi infancia y mi juventud han ido llegándome como flashazos de una película desorganizada aún pero firme.

Buscando en lo profundo, además de los premios que descansan en la vitrina de mi estudio tengo uno mayor, el de haber salido casi ilesa del bloqueo americano al que el desgobierno de Cuba le ha echado la culpa de todo lo malo que pasa en la isla por más de 6 décadas, del brutal Período Especial donde se perdió la leche, la carne, los zapatos, la malanga, el pescado, la pasta de dientes, el jabón de baño y el de lavar, la ropa, los juguetes, las guaguas, el jamón, el pan, el dulce de guayaba, el café y la dignidad del cubano, sus valores esenciales.

Eso debería ser suficiente para poder contar cualquier historia, tiene conflicto que es lo principal, ahí está la sal del cuento, el pollo del arroz con pollo como diría mi profesora de español de la secundaria, ser cubano es suficiente, es ser héroe todos los días. Las mil anécdotas que cargo solo se deben ver bonitas en la hoja de papel, los cuentos de cosas surreales, locas, desequilibradas, ilógicas que sucedían y suceden en Cuba, tienen que encontrar su espacio y éste puede ser uno de ellos. Esta se podría convertir en mi pequeña contribución para que los nietos de nuestros nietos no pierdan de vista sus raíces, cómo vivían y cómo pensaban sus antecesores.

V

De la casa en Bayamo recuerdo poquísimas cosas pero evidentemente caló en mí tan profundo que en mi primer día de escuela en La Habana le dije a mi maestra de 1er grado que me llamaba Hannah Imbert Bayamesa. Así mi maestra me anotó en su lista, pues había llegado tarde a la matrícula por causa de la mudanza. La profesora no podía sospechar en ese momento que mi segundo apellido en realidad era Morell, solo días después lo descubrió y ni siquiera mi madre pudo explicarle el por qué del cambio. Por más que analizo este pasaje no consigo entender por qué el orgullo bayamés que me entró aquel primer día de escuela.

De Bayamo decidimos regresar a la casa materna en aquel solar de Centro Habana, me imagino que porque mi papá ya había decidido que se iba de misión internacionalista a Nicaragua y nosotras no pintábamos nada solas en aquella provincia del Oriente del país. Nos podíamos considerar afortunadas en aquel edificio que en su tiempo feliz había sido el hotel Gran América porque ocupábamos tres de las habitaciones del segundo piso. Tres habitaciones, una al lado de la otra, resultaban en un apartamento que comparado con los otros, era amplio, espacioso. También nos podíamos dar con un canto en el pecho porque el baño estaba dentro y no teníamos que ir al público que estaba al final del pasillo. Por ese pedazo de concreto al que iban las personas con cubos, jabones, chancletas y toallas al hombro, escuché las primeras broncas de mi vida.

En aquella cuartería que estaba en la misma cuadra de la Fábrica de Tabacos Partagás se reunían para convivir lo mismo una maestra, que un constructor, que un pelotero, que un vago delincuente.

Es esa una costumbre del gobierno cubano, una disposición, la de unir, la de no distinguir entre razas, credos, clases sociales, puntos de vista, apellidos, costumbres. Mirándolo desde la distancia el objetivo de la revolución en ese aspecto puede haber sido que el maestro tomara lo mejor del pelotero y viceversa, solo que en algún punto social y cultural les falló, como casi todo. La revolución cubana y sus principales líderes tomaron mucho de ese refrán que reza, "de buenas intenciones está empedrado el camino al infierno". Casi todo lo hicieron mal, pero se escudaban detrás de la idea de que querían lo mejor para el pueblo, con esa aptitud paternalista de doble moral. ¿Cómo es posible que queriendo lo mejor hicieran casi siempre lo peor?

En los primeros años de la revolución, cuando se fueron huyendo los hombres ricos de la ciudad hasta que pasara aquello que para ellos era solo cuestión de tiempo, el gobierno metió en sus casas, las más lujosas, a personas que jamás se habían sentado en un inodoro, que nunca habían comido en una mesa de cristal ni con vajilla. En pocos meses las casas fueron desmanteladas, la madera de los muebles de estilo fue cogida como leña para cocinar, los muebles sanitarios fueron arrancados y vendidos en las esquinas, las cortinas fueron cogidas para hacer vestidos mientras las criadas de las casas, que se habían quedado cuidándolas por mandato de los dueños, trataban de esconder las cosas de más valor para cuando sus amos regresaran.

Aquel solar de mis primeros años era oscuro, húmedo, gracias a eso padecí de un asma que me hizo ingresar más de 11 veces. No recuerdo agresividad, haber sentido miedo de vivir allí, pero sospecho que es solo porque era muy pequeña, tanto que no podía medir la verdadera dimensión de las cosas.

En la punta del pasillo, ocupando dos habitaciones, una de ellas con balcón a la calle, vivía el viejo Alejandro Torres Guinea. El anciano era de Burgos y había llegado a Cuba 30 años antes. Ya cuando lo conocimos no podía caminar bien, apenas podía dejar de temblar por el Parkinson y la cabeza le jugaba malas pasadas constantemente. Le patinaba el coco, como le escuché decir varias veces a él mismo. Era flaco, alto, con una nariz aguileña que le adornaba el rostro arrugado y débil. Mi madre se hizo cargo de él por esa vocación de ayudar que tiene. Le hacía la comida, lo bañaba, le limpiaba el cuarto mientras él me contaba de su ciudad natal y me prestaba mochos de lápiz para que dibujara en el balconcito a punto de caerse. Alejandro comenzó a depauperarse de un momento a otro y apenas podía estar solo, fue entonces que mi mamá pensó en hacer la permuta, pero antes tenía que casar a Alejandro con mi abuela para que ella tuviera derecho a su casa.

Permutamos los dos apartamentos en el solar, que no eran más que 5 cuartos mal distribuidos, por uno en Plaza de la Revolución con un dinero por arriba que dio Alejandro de sus ahorros españoles. Salíamos así del barrio marginal que comenzaba a caerse por los robos hasta de vigas de los edificios y llegábamos al mundo limpio de Nuevo Vedado al límite con el Cerro.

Mi segunda casa era linda, grande, ventilada, iluminada, moderna, silenciosa, tranquila. Era un apartamento de tres habitaciones con una sala de 10 metros de largo rodeada por ventanas de cristal del piso al techo. Cuando llegamos mi madre tuvo que hacer una ofensiva de limpieza, pero después de terminada, cuando nadie podía decir que allí habían vivido dos hermanos alcohólicos, el apartamento se nos descubrió como el reino de la Cenicienta o de cualquier otra princesa en su palacio encantado. En el edificio había solo 8 apartamentos y todos los vecinos se conocían, se querían, aquel lugar era para nosotras como un paraíso en la tierra.

A Alejandro lo quise como a un verdadero abuelo, al

mío de sangre nunca lo había visto y en esos días aún no sabía que estaba preso por sus ideas políticas. El viejo Torres, como le decía mi abuela, también me quiso como una nieta y un día, cuando el coco la patinaba, dijo refiriéndose a mi mamá, que la maestra me trataba muy mal y que tenían que cambiarla para que yo pudiera aprenderme los productos con calma. En sus últimos días en el nuevo apartamento hubo que ponerle un pestillo alto a la puerta porque había comenzado a escaparse sin rumbo fijo y ya estaba perdido todo el tiempo, hablaba de su casa en Burgos, de sus padres y del viaje a la patria que estaba a punto de emprender.

Muchas veces, años de por medio, agradecí en silencio a mi madre y a Alejandro, pues de haberme quedado viviendo en aquel solar hubiera terminado como todos los otros que no pudieron escapar, de prostituta o traficante, e incluso, de ambas cosas.

Bayamo, un solar en Centro Habana, un apartamento en Plaza de la Revolución y por último, una casa muy cerca de la Clínica Veterinaria de Carlos III y Ayestarán. Después de vivir por casi 20 años en el apartamento de estilo americano de Plaza, nos mudamos a una casa más grande aún. Era una biplanta con 5 cuartos, dos balcones, un pasillo enorme, que se convertiría pocos meses después de la mudada en la casa más solitaria y sin espíritu de todo el mundo.

Allí nos fuimos buscando espacio para el taller de costura de mi madre, cuando no sospechábamos que se iría del país un año después. No me gustaba la casa, no estuve de acuerdo con el cambio aunque entendía que mi madre lo necesitaba y a lo largo de mi vida he demostrado que me adapto muy fácil a los espacios.

Llegamos, yo puse el colchón en el piso y a cada lado, sobre ladrillos, una lámpara de noche. Tenía 24 o 25 años y había terminado una relación de 3. Necesitaba cambiar de aire, cambiar. Alejarme de todo lo conocido, quería empezar de nuevo, desde cero, ser alguien completamente diferente. Me propuse tener organizado ese que sería mi espacio sin importarme mucho el exterior. Al fin cada cual tendría su espacio, incluso uno para coser y otro, encima de la cocina, para yo escribir.

Poco a poco la casa que no me gustaba, que no tenía personalidad, alma, en la que había muchos espacios pero ninguno lo suficientemente grande para tener amigos, compartir, reír, bailar, soñar, se me fue colando. Poco a poco comencé a bailar la danza de los espíritus que habitaban en aquella casona antigua, fui armando una armonía pacífica con ellos que me hicieron hasta querer ese pedazo de concreto con las ventanas viejas. Aún cuando la visito hoy sigo pensando que es una vieja con colorete (y que conste que no tengo nada contra las ancianas que se maquillan e intentan sobrevivir luciendo sus rostros).

Cuando mi mamá se fue me quedé como ama de la casa, máxima responsable de todo. Hubo días en que lloré del silencio, en el que pedí a gritos visitantes con cerveza y música. Cuando caía la noche se podía sentir hasta el sonido del polvo que arrastraba el viento por la azotea. Nunca me acostumbré a estar sola en aquella casona triste en la que el pasillo exterior arrastraba los pies como yo misma al caminar de la sala a la cocina estéril. Poquísimo tiempo después me iría de Cuba y esa seguiría siendo, sin serlo, mi casa para siempre.

VI

No podría decir a ciencia cierta cuál es la edad de mi mamá. Nunca la he sabido, ha sido un misterio para todos los miembros de la familia y en más de una ocasión, un problema para mí. Por ejemplo, el día que fui a la cita en la Oficina de Intereses de los Estados Unidos en Cuba. Para un número inmenso de la población cubana ese es el día más importante de sus vidas. Yo llegué como a las 6 y media de la mañana y me paré, como los cientos de personas que estaban haciendo la cola, en la terraza de la funeraria que está al frente. No creo que haya sido intencional la ubicación pero la metáfora es espantosamente cierta, la muerte, el abandonar la patria. Ese es el día de las definiciones, del paso más importante, de la alegría más grande o el pesar más terrible.

La brisa del mar a esa hora batía como preludio, mi mamá no podía parar de moverse del nerviosismo, quería a su otra hija fuera de Cuba ya. A las 11 de la mañana, cuando el sol ya había comenzado a herirnos, me pusieron en una cola, de uno en fondo, en el costado de la oficina. Éramos más o menos 20 personas en fila india, viejos, viejas, jóvenes maquilladas como para las fotos de los 15, hombres vestidos todo de blanco con los iddeses de babalawos en la muñeca izquierda. Entramos cuando teníamos el sol cerca de los huesos y nos dieron un numerito en un cartón azul. Un hombre, estadounidense, se paró frente a nosotros y en un español desabrido nos hizo jurar algo con la mano derecha en alto, segundos después, la oficial de inmigración de la ventanilla 6 decía por el altavoz el número que tenía yo entre las manos secas de tanto sudar.

Por favor, a todos mis santicos, que me digan que sí. La señora canosa, medio hippie, me dio una planilla para llenar y ahí el corazón se me quiso salir del pedazo del pecho. ¿La edad de mi mamá? Yo no me sé la edad de mi mamá. Carajo, mira que se lo he dicho, que lo oculte a los demás está bien, es su problema, su conflicto, su tema, ¿pero a mí? Ahora mira lo que pasa, tengo a esta gringa adelante esperando a que le ponga en el dichoso trozo de papel la edad de la que me dio la vida y no sé qué poner. Por suerte, porque Dios es grande y todas las mujeres son iguales, la señora canosa que debía rondar los 60 se sonrió y me dijo: just like me y puso en el papel un número que nunca vi.

Ese día me dieron la visa para viajar a los Estados Unidos y reunirme de nuevo con mi mamá, mi hermana y el resto de la familia que había partido de poco en poco y yo me juré a mí misma nunca más olvidar la edad de mi mamá, obligarla a confesármelo al menos a mí.

Tampoco puedo jurar que nació en La Habana y no en Las Tunas, provincia del Oriente del país de la que es prácticamente toda mi familia materna. Reconozco que hay muchísimas lagunas en mi mente sobre la mujer maravilla que es mi mamá. Solos rasgos, características que he descifrado por tantos años de roce, de constante convivencia, de anécdotas contadas al azar en noches de vino en terrazas por todo el mundo. A veces creo que conozco mejor a cualquiera de mis personajes que a ella misma. Es una mujer misteriosa, con un halo encantador a su alrededor que siempre nos ha protegido de los malos momentos, de las horas que la hacen llorar de recordarlas.

Fue el padre, los abuelos, los tíos, las primas, el todo de la casa, el pilar sobre el que se construyó mi hogar, mi Quijote y al mismo tiempo mi Sancho Panza. Una mujer de novela de época. Siempre con el pelo rizado, copioso, rebelde, largo; unos ojazos que gracias a la Virgen heredé, constantemente maquillados al estilo indú y redondeando su belleza una boca que lo mismo te lleva al cielo que te deja caer en el pantano más profundo de la Divina Comedia.

Siempre la amiga de mis amigos, la que todos querían en su staff, la capaz de resolver cualquier cosa. No recuerdo haber visto a mi madre jamás decir que no, que algo es imposible. Hoy carga sus años y camina lentamente para no perder en un paso ninguno de los recuerdos que hay presillados en su cerebro, no obstante es la persona que hay que llamar cuando parece que algo se traba, no avanza. Tiene una capacidad de pensar, de organizar, de darle la vuelta a las cosas que aún con sus muchos "tas" sorprende a la audiencia.

Muchas se hubieran rendido ante la cuarta parte de los problemas que enfrentó. Sola para criar a dos hijas y a una madre anciana en un país que se vino abajo de un momento a otro, de sorpresa, de rampampán, de agárrate de la brocha que me llevo la escalera. Yo tenía 5 años, mi hermana 15 y ella 33 cuando comenzó el dichoso Período Especial y empezó también su carrera de maga para poder conseguir los tenis, la mochila para ir a la escuela, la comida para poner en la mesa tres veces al día, el jabón, el detergente, maquillaje para mi hermana que empezaba a querer presumir, las hebillas para el pelo, los productos para matar los piojos que me comían como una epidemia sin mejoría y para pagar las cuentas del agua, la luz, el gas, las clases de danza con estas nalgas en el Teatro Nacional de Cuba, para comprar los regalos de los médicos que me atendían el asma, la amigdalitis con la que conviví hasta que decidieron operarme de la garganta a los 11 años, magia para sobrevivir en el país de la siguaraya.

Fueron años duros en los que incluso se escuchó decir al presidente Fidel Castro, que la papa era mejor alimento para los niños que la malanga y que después de los 7 años, la leche no era tan necesaria. Una caja de cigarros de producción nacional, los famosos Popular azules, llegaron a costar hasta 100 pesos y había que ir a Habana Campo para conseguir una lata de malanga que costaba 180 o un aguacate o un mango que oscilaba entre los 25 y los 30. También se iban desde la capital con maletas de ropa usada, toallas y sábanas viejas, que los guajiros cambiaban de buena gana por una gallina o una libra de ají. No había mercados, solo la libreta de racionamiento por la que llegaban al mes, unas libras de arroz, de frijoles, un pan por persona diariamente y otras estupideces que no bastaban para sobrevivir, para entretener al estómago. En todas las fotos de los 90 los cubanos promedios, no los ministros, ni los directores de empresas, ni sus hijos, sino los otros, los hijos de las secretarias, las maestras, los médicos, los ingenieros, lucimos flaquitos, flaquitos, como las fotos que se tiran hoy en día para las campañas de la UNICEF contra el hambre en áfrica. No había que ir tan lejos, en esos años, bien cerca de la potencia económica, de la bonanza, del sueño americano había una islita en la que los habitantes también pasaban tremendas necesidades.

Mi mamá, mi heroína, tuvo que cambiar un reloj Omega, legado de su abuelo en aquella locura que fue la Casa del Oro y la Plata en el año 88 porque no teníamos qué comer. Otros cambiaron las joyas, las lámparas de lágrimas de cristal, las vajillas de plata, las bandejas de porcelana por ventiladores o ropa prelavada, mi mamá y unas vecinas cambiaron sus joyitas para poder comprar comida en las tiendas de chavitos. Ella tuvo que pasar por la vergüenza de dejar la cartera fuera de la tienda y de enseñarle a un pobre marioneta que tenían en la puerta de Maisí el montoncito de billetes de chavitos para que le dejaran entrar a comprar mayonesa, aceite, jabón, sal. Aquellas muchachas de Miramar que atendían en las tiendas con lazos rojos al cuello y que tenían los dedos llenos de joyas, valoraban las prendas en una miseria y te miraban como si pertenecieran a otra especie. Y pertenecían a otra raza, lo que pasa es que en ese momento Fidel aún nos tenía dormidos con la mentira de que todos éramos iguales y no existían las clases sociales, ja, ja, ja.

Y fue mi madre la que creía en aquello y la que tuvo que hacer de todo, la que vivió la peor etapa. Puso una peluquería en la casa sin saber siquiera cómo se preparaba la mezcla del peróxido con el tinte, en el teléfono de la sala de la casa estaba Doris que le iba indicando, paso a paso, qué hacer. Fue mi mamá la que para celebrarme un cumpleaños transportaba en el Moskovitch de mi padre que estaba de misión internacionalista en Nicaragua, ruedas de cigarros Popular y Aroma hasta el lugar donde los vendían.

Todo eso mientras vivíamos en el país del miedo, en el que no se podía hablar de casi nada porque todo ofendía al régimen, donde la mentalidad de sobrevivencia y robo cambió la vida de los cubanos que preferían quedarse callados y acostarse con el estómago vacío. En medio de esa zozobra, de la carencia más tremenda, crecimos mi hermana y yo con lo mejor del mundo. No tuvimos zapatos de marcas, pero jamás estuvimos descalzas ni tomamos agua cuando teníamos hambre. Gracias a mi mamá, que solita y empezando la madurez, luchó con uñas y dientes cada plato de comida.

Mi hermana y yo somos su sentido de ser, por suerte, gracias a su educación, a los consejos que nunca faltaron, a tragar en seco cuando sufríamos, a las carreras a los hospitales porque yo siempre fui una niña enfermiza, creo que somos lo que ella soñó y no podría perdonarme no consentirla, que no se sintiera de orgullosa de lo que soy hoy.

A veces, cuando la vida no ha sido linda y me ha llevado a las sombras, a dudar de mí, a llorar por los rincones, me he sorprendido regañándome a mí misma, avergonzada, pues nunca vi a mi madre ni llorando ni quejándose de la vida. Entonces me enderezo, me empino, seco mis lágrimas y me miro en su espejo de valor. Si ella lo logró, ¿por qué yo no podría? Es mi ejemplo y por suerte, gracias a Dios, sobretodo es mi mamá.

VII

Cuando dejé lo único que había construido por mí misma, cuando decidí irme de Cuba para empezar de nuevo, mi madre vio mis lágrimas correr con la misma expresión de seguridad de siempre. Con ese mismo rostro fuerte me dijo que no debía preocuparme, que llegaría adonde quisiera, pero que solo el tiempo decía la última palabra y que debía ser fuerte y soportar.

Durante ese primer año en Miami lloré a escondidas y delante de todos, lloré en silencio y a viva voz. Me negué a creer que ese era el paraíso que todos adoraban, el lugar deseado, la meta, el destino final. Me sentía sola, incomprendida y no podía escuchar con claridad los consejos de mi mamá, de Juan que tenía muchas esperanzas y se sentía como si hubiera nacido allí, de Julio. Con 27 años y sacos llenos de aspiraciones a cuestas, cómo se puede esperar, posponer, cómo es que se conforma uno y aguanta, cómo se aprieta y se le da a los pedales. No lo podía entender, me encerraba dentro de mí misma y criticaba la decisión, el método, la forma, la realidad de la vida que no se parece a lo que sueñas.

Mientras trabajaba en aquella factoría, con aquellas personas a las que a la larga tengo mucho que agradecerles, me sentí baja, impotente, inútil, sentí que todos los años de estudio habían sido en vano, que aquel resume que insistía en mostrar para conseguir algún trabajo en los medios era una farsa, un invento de mi imaginación. Parada frente al escritorio de mi jefa que apenas había logrado terminar la secundaria mientras me regañaba porque la palabra deferencia no existía y yo la había puesto en el suelto promocional de la empresa, tuve ganas de desaparecer, de irme lejos de allí, aunque fuera a una isla donde las personas anduvieran en taparrabos. No pude resistir mucho tiempo en aquella oficina en la que ser universitaria era un modo de vida, un rasgo de la personalidad de los que deciden perder tiempo y hacer el camino más largo, a veces hasta imposible, de ganar dinero. Pero le agradezco el descubrirme ese pedazo de Miami con el que, o aprendes a vivir o mejor te regresas.

Durante aquellos primeros meses sentí una rabia mezclada con tristeza capaz de desgarrar al corazón más fuerte, más dulce. Luché por no convertirme en una resentida más, en una de esas amargadas que van por la vida con un tatuaje de mueca en el rostro, en un pedazo de cosa tirada en un sofá mirando la televisión hispana y cocinando para un marido trabajador. Luché por escuchar sin hacer muecas a los que me decían que todo eso iba a pasar y que todos encontraban su camino en ese mundo despintado, sin rostro. Juan me dejaba llorar pegada a la ventanilla del Land Rover, me dejaba creer que él no se enteraba y luego me abrazaba. Entonces yo le daba las gracias al cielo por haber encontrado a alguien tan comprensivo pero sobretodo, por haber encontrado a alguien capaz de entender lo que estaba sintiendo, a alguien a quien no tenía que explicarle el vacío incapaz de sustituir por la comodidad o el amor de la familia.

Ahora, casi 20 años después, tengo tantas personas a las que agradecer por haber podido continuar soñando, por dejarme seguir siendo quien era, por quererme con los cien mil defectos que me acompañan que se vieron agudizados hasta el infinito en esos primeros meses, que dudo poder mencionarlos a todos.

Me sonrío ahora al pensar en Nelson y en cómo la vida da vueltas y vueltas. Nelson fue mi primer cuñado serio, vivió en mi casa con mi hermana desde mis 8 años hasta casi mis 13 y fue él, mi primer empleador en los Estados Unidos, de sus manos de dedos larguísimos recibí mi primer salario, un cheque por 200 dólares y algo. Gracias a él compré mi primer lente tele y soñé por unos días en hacer una exposición fotográfica de Cubanos en Miami. También fue Nelson el que me tumbó las alas del corazón un millón de veces, el que me empujó a buscar trabajo aplicando una estrategia de choque, de hacerme sentir mal. Se convirtió en mi amigo, mi confidente, otro hombro sobre el que llorar, mi daddy. Nelson me decía que tenía que dejar la vergüenza en el espejo del baño, que tenía que ser insistente con la gente, que sino para qué había ido para allá. Me culpaba todo el tiempo por no tener trabajo, me decía que no entendía cómo con mi resume, todavía estaba sentada en el sofá de la sala de la casa, que sino había conseguido algo era por falta de gestión, por mi propia responsabilidad. Y yo respiraba hondo con ganas de decirle que no me gustaba caerle atrás a la gente, que nadie me iba a dar trabajo porque el que me lo diera hoy, se podía quedar mañana sin su puesto, que si ella me había dicho que me iba a llamar, yo no iba a llamarla todas las semanas, porque no, porque si hacía eso no era yo y entonces prefería hacer delivery de pizza que caerle atrás a las bailarinas que conocía de Cuba en el canal 41. Me daban ganas de decirle, pero siempre las lágrimas me lo impedían, que la gente cambiaba mucho, que los que ayer habían sido mis empleados, habían estado bajo mi mando, hasta se habían dicho mis amigos, hoy no me conocían, me querían lejos. Que nadie quería competencia cerca y que la única forma de salir adelante era por mí misma, escribiendo mis cosas y publicándolas donde pudiera y sacando mi película Príncipe 69. Pero nada de eso me salía, me quedaba regañada como la niña que él recordaba, como la que siempre fui para él, porque no se acostumbraba a la idea de que ya había crecido, de que sabía qué era lo mejor aunque no siempre pudiera explicarlo. Fue Nelsito, el que había sido el primer cuñado, el que le dio el visto bueno a mi primer novio fuera de Cuba.

Fue un jueves, ya le había hablado muchísimo del joven diseñador, demasiado para su gusto. Estoy segura que Juan estaba nervioso cuando entramos a aquel bar de la calle 8 donde tocaba un grupo que fusionaba la rumba con el rock, el jazz, el blues, "Spam All Stars". Fue una noche linda, todos estábamos un poco tensos pero al final nos relajamos. Yo descubrí con alegría que Juan bailaba casino y que podía estar una hora dando vueltas y recordando los pasillos de la adolescencia en Cuba sin cansarse. Descubrimos también que Nelson y él tenían una novia en común en Miami, cosa que no era muy rara, en ese pueblo toda la gente buena, inteligente, diferente, se conoce.

Pero sin lugar a dudas mi ángel de la guarda, una de mis mejores y primeras admiradoras, mi más sincera crítica y una de las personas que más confía en mí, fue, es y será para siempre mi hermana mayor. Cuando yo puse un pie en el aeropuerto de Cuba estaba llena de miedos, llevaba más de 10 años sin convivir con mi hermana y sabía que las dos habíamos cambiado mucho. Pero todos los momentos donde amenazó la tensión del conflicto de caracteres entre dos personas completamente diferentes fueron superados por el amor tan grande que esa personita me tiene, por una fuerza y una paz interior que se labró en algún momento de sus años de soledad en ese país inmenso. Nosotras nos amamos con un amor misterioso, cómplice desde todo punto de vista. Un amor de miradas, de pocas palabras cariñosas y muchos gestos y risa. Mi hermana siempre ha conseguido hacerme reír, a carcajadas, hasta no poder más, en los peores momentos de mi vida ella ha logrado arrancarme una sonrisa, incluso cuando no está bien reírse, cuando se parece más a la burla, solo necesitamos mirarnos y estalla esa complicidad muda que solo los que están muy cerca son capaces de entender.

Mi hermana había llegado sola 10 años antes a Miami, con 25 años y había salido adelante con una fuerza que no sabía que tenía. Fue feliz y lloró mientras dormía en su carro, cuando le pasaron cosas y deseó que la tierra la tragara. Y cuando yo llegué, 1 año después de mi madre, gracias al camino que ya la hermana mayor había trazado, a veces con miel, a veces con higos, no me tuve que poner a trabajar cargando cajas en Presidente para ayudar a pagar la renta.

Para mi hermana siempre he sido más como una hija, toda la vida ha sentido la necesidad de sobreprotegerme, de mimarme sin dejar de ser dura como lo hacen las madres. Hay momentos de complicidad entre nosotras, en que las nubes se ponen de acuerdo para crearnos un cerco y que conversemos como las muchachas que se conocen hace mucho tiempo pero generalmente hay solo sol entre nosotras, un sol que hace que mi hermana solo diga lo que ella considera mejor, directamente, sin dejarme exponer mucho. Ya somos grandes, ya hay muchas más canas en mi cabeza que en la de ella, ya al corazón le cuesta echar andar cuando el sol sale, ya ambas hemos pasado por el quirófano para corregir huellas del tiempo y por salud, apenas tomamos alcohol, comemos con grasa y azúcar y mi hermana Mónica sigue diciéndome lo que es mejor, sigue regañándome con ese tono de persona que está afuera y que está clara. Ha estado siempre ahí, no se pierde ningún momento, ni de los buenos ni de los malos y en los malos, aún viéndome sufrirlos, llorarlos, es capaz de apalearme por haberme equivocado. No la recuerdo dándome la razón cuando no la tenía.

Mi hermana merecía una de esas mujeres que besan todo el tiempo, que abrazan, que dicen frases como te quiero, que sonríen, que dan las gracias verbalmente, que escuchan sin reclamar, sin imponer criterios o puntos de vista, que solo oyen y son reflexivas. Yo siempre he sido de las otras, de las serias, de las que quieren mucho con el corazón y poco con la lengua, de las que no pueden evitar decir cosas feas cuando están molestas aún sabiendo que pueden lastimar. Siempre fui práctica, pragmática, más fría, concreta, objetiva y muchas veces pensé que tanto mi madre como mi hermana y hasta mi abuelo, hubieran necesitado una mujer diferente. Me he quedado con ganas en la vida de ser otra para los demás.

VIII

Mi abuelo, aún le debo a ese señor una novela sobre su vida, o un documental, o una gran película. Es mi súper héroe personal, el favorito. Porque fue un héroe al luchar, al tener su derecho a estar en los libros de la Historia de Cuba y también por resignarse a que no lo pusieran, a ser del bando contrario a los que la escribieron. Sigo teniendo la esperanza de que algún día los que están ya no estén para que él pueda ser estudiado por los niños en las escuelas.

Era un hombre de los que ya no existen, de los que se tragan las verdades más crueles y no solo las tragan, sino que las dejan pasar, las sepultan. Un tipo con una esposa pintoresca, no mi abuela, sino Barbarita, la mujer que no lo traicionó, la que siempre estuvo a la mano durante los 22 años que pasó preso. Preso por sus ideales, por no estar de acuerdo, porque los que hicieron la revolución olvidaron sus largas charlas durante el alzamiento y luego nadie pudo detenerlos. Preso por soñar con una Cuba mejor y por regresar a buscar a sus hijos después de abandonar la Patria. 22 largos años porque los Castro no perdonan a los que no están en su bando, a su lado, a los que cantan las verdades, a los inteligentes.

Mi abuelo es el carpintero (Messie Chapú, como le decía mi mamá), es el que puso un puesto de venta en plenos años de necesidad junto a su hija donde vendían chibiricos y pan con croqueta. Es el que iba en bicicleta desde Las Tunas a Puerto Padre solo acompañado por una botella de ron del malo, es el que vestía guayaberas y sombrero y el que lloraba al recordar las historias de la cárcel. Como aquella vez que le tocó presentar, en un minuto, un debate entre oradores en la cárcel de la Isla de Pinos y terminó diciendo, "brindemos, compatriotas, brindemos, porque un día Cuba sea una patria libre y democrática, alcemos nuestras copas y soñemos" o como el día que le dio su pan, preciado tesoro guardado por semanas a un hombre que tenía más hambre que él. Es el que asistió al velorio de su madre escoltado por oficiales con fusiles al hombro, el que nunca se cansaba de contar historias y al que jamás vi molesto.

Pocas veces conseguí decirle abuelo, su dimensión me lo impedía, prefería decirle Morelito, me sentía así más cómoda. Aunque es de esas cosas que sé que mi familia hubiera preferido de otra manera.

Qué temperamento para imitar, tranquilo, paciente, ecuánime, sin resentimientos, siempre soñando, pero de la manera que lo hacen los que tienen los pies en la tierra, los que se han visto al final del callejón, al borde de la nada, en el límite.

Lo veo con su tabaco, su camisa siempre súper limpia porque su esposa vivía para él, con las piernas cruzadas, mirando al más allá, por encima de todos nosotros, en esa dimensión en la que siempre vivió. Decía que no oía bien y hasta usaba un aparato que siempre andaba perdido o sufriendo por la interferencia con otros equipos, pero yo estoy casi segura que era un mecanismo de defensa y que oía perfectamente, solo que a veces es mejor no escuchar. Tranquilo abuelo, donde sea que estés, hayas encarnado en lo que sea, tu película, tu novela, tu nombre recorriendo el mundo, va.

IX

Juan Manuel está preocupado por mí, pero esa es su misión en la vida desde que me conoció, desde aquel día en que mi mamá me llevó, casi a rastras porque yo no creía que eso fuera a ayudarme en nada, a hacerme unas tarjetas de presentación a su empresa de diseño. Hace 18 años también de eso y a nosotros nos parece que hace siglos, desde ese primera vez que nos vimos fue como si nos conociéramos de toda la vida. Porque el mundo es un pañuelo, habíamos vivido en Cuba muy cerca y teníamos conocidos, nombres en común, fantasmas que deambulaban con rostros y que solo necesitaban un par de apellidos para regresar del inframundo. Me gustó, nunca lo he negado, aquel blanquito lleno de pecas me cautivó desde el hola, ¿en qué las puedo ayudar?

Salimos un par de veces, nos reímos, sudamos del nerviosismo, fuimos al cine a ver una película de

Almodóvar y nos doblamos de la risa. Hablamos de arte, de carteles, de fotografía, de publicidad, de La Habana, las bicicletas, los camellos, el CUC y nos sentimos cómodos sentados en aquel muro de Brickell. Unos días después nos hicimos novios y empezamos a ser nosotros hasta el día de hoy. Discutimos, muchas veces me he mordido la lengua y el alma porque Juan Manuel no habla, se traga cada sílaba de lo que siente, de lo que piensa y anda con ese rostro inexpresivo que no te deja saber si está feliz de verdad, si celoso, si loco de genio.

Yo soy una malgeniosa y él no me pasa una, entonces yo le digo que lo amo y se le afloja el rostro y sé que el corazón le late un tilín más rápido y me pasa la palma de la mano de hombre trabajador por la frente y yo entiendo, él también me ama, mucho, mucho más de lo que nadie es capaz de imaginar. Allá los que pensaron que era una relación de algunos meses, viajes a la playa, conciertos para llorar.

A Juan le encanta cuando yo me ilusiono con algo y es tanto que él también vive mis historias, me aconseja, me guía cuando pierdo el camino. Pero esta vez sabe que no pretendo hablar de los otros, esta vez sabe que se trata de mí y que incluso a mí misma puede sorprenderme esta historia. No ha tratado de enterarse, no me quiere presionar, yo salgo del estudio, comemos juntos, conversamos del diario y yo no le hablo de la novela y él no me pregunta, pero yo sé que se muere por saber en qué línea ando, cómo he decidido hablar de nuestra Isla, de nuestros lazos.

Los dos están ansiosos, puedo sentir a Matías cuando llega de la escuela pararse delante de la puerta del estudio, esperando a que salga para darle un beso y tenerlo un rato entre mis brazos. No quiere conversar, solo quiere sentirme. Sabe que mami está trabajando pero me extraña en la terraza al llegar, nuestras tardes de cine, de hacernos cosquillas hasta que él termina morado y con falta de aire.

Hace 10 años que este bebé llegó a nuestras vidas, hacía 15 que lo intentábamos. Cuando nos salimos de Miami, cuando nos empezó a ir bien haciendo lo que nos gustaba, cuando empezamos a llegar a fin de mes sin sustos, también empezamos a hablar de niños. Habíamos trabajado mucho, pasado muchas noches en vela, Juan terminando de ilustrar los libritos que yo publicaba y yo tratando de sacar adelante los mil proyectos de cine que tenía. Un día, parece que Dios nos chequeó, fue el momento en el que se dio cuenta de que ya nos merecíamos un poquito de calma y todo se fue resolviendo, las puertas comenzaron a abrirse más fácil y nosotros suspiramos felices aspirando el aire de mar. Ya estábamos listos, queríamos aquello que nos llenara del todo. Él siempre tuvo miedo, todavía hoy lo tiene pero yo sabía que iba a ser el mejor padre del mundo.

Yo lo propuse un día de luna llena. Jamás voy a olvidar su sí, ahora estoy seguro. Desde ese día hasta 5 años después lo intentamos de todas las maneras. Fue una época difícil, yo sospechaba que era un castigo y él me decía que todo iba a estar bien. Los médicos también decían que no había nada malo pero yo me preguntaba entonces por qué. Seguramente para Juan este párrafo va a ser difícil de leer, estoy segura que en esos días pensó incluso en dejarme sola, me convertí en un ser insoportable. Luego, cuando ya no pensaba en eso, cuando era feliz sintiendo a mi sobrina como a mi hija, llegó la duda, el atraso y 9 meses después, el amor de nuestras vidas. El niño más bello del mundo se asomó un 5 de septiembre del 2021 cuando yo pensaba celebrar mis cumpleaños 35. Lloré al abrazarlo por primera vez y he llorado decenas de veces junto a él, cuando ha tenido fiebre, catarro, cuando ha suspendido una prueba y sé que me quedan muchas lágrimas junto al que va a ser para siempre mi niño.

A los 27, por descuido, porque la salud es gratuita en Cuba y los condones son una basura, la menstruación se me atrasó por casi una semana. Era sumamente puntual, nunca se me demoraba más de dos días y desde el quinto supe que estaba embarazada. Ya en ese momento tenía fecha de viaje para mi nueva vida y mi relación con el "padre" estaba prácticamente terminada. Era un hombre al que probablemente nunca volvería a ver y aunque es otro de los que nunca voy a olvidar, nuestro momento ya había pasado.

Mi madre no estaba ya en Cuba y fue una madre sustituta, una herencia feliz del destino la que me apretó la mano todas las veces que la necesité. La primera, cuando a las 8 de la mañana le toqué a la puerta con un test de embarazo positivo y la cara llena de lágrimas, luego, cuando lloraba de dolor físico en la camilla de aquel consultorio y la tercera, cuando descubrí que toda mujer lleva en su alma una madre, cuando entendí lo que había hecho, lo que significaba borrar aquella raya rosada del pedazo de papel.

Antes de Matías hubo otro acontecimiento. Llevaba apenas un mes de salir con Juan, tres meses después de llegar a los Estados Unidos, aún sin trabajo, sin sentirme ubicada, cuando la regla volvió a atrasarse. La primera y única vez que estuve en esa camilla me prometí a mí misma que nunca más pasaría, que la próxima vez que estuviera embarazada, fuera en las condiciones que fuera, tendría a la criatura. No hubiera podido resistir de nuevo aquella sensación que todavía hoy recuerdo como una pesadilla.

Me asusté, la voz y las manos me temblaron cuando le di la noticia a Juan.

-Tengo casi una semana de atraso.

-¿Qué quieres hacer?

-Creo que debemos comprar un test de embarazo.

-Ok.

Esa conversación la tuvimos mientras él me llevaba de su casa a la mía, íbamos a 60 millas por horas y no noté ni siquiera un cambio de respiración en ese hombre al que podía cambiarle la vida de un segundo a otro. Nada en él cambió, ni siquiera cuando salí del baño y le dije que era negativo pero que seguía dudando, ni cuando mis espíritus y los suyos dijeron que sí, que estaba embarazada, ni cuando hablamos, sentados en mi cama, de lo que pasaría si realmente lo estaba. Yo lo quería tener. Todo se lo solté así, con un temblor en las manos que no pude disimular y él, tan tranquilo como siempre, solo me dijo que todo iba a estar bien, que íbamos a hacer lo que yo quisiera y si me decisión era tenerlo, pues lo tendríamos.

Mi corazón latió más rápido los 5 días que siguieron a esa conversación que en ese momento estaba segura, me cambiaría para siempre la vida. Creo que ambos disfrutábamos, muriéndonos de miedo, de la idea de ser padres. Lo mantuvimos casi en secreto, mi hermana me dio otra prueba de ser el ser humano genial que es cuando sentadas en ese restaurant griego me dijo que contara con ella. Que si eso era lo que yo quería, ella sería la mejor tía del mundo. Hicimos planes entre risa y ojos aguados, la niña pequeña de la casa iba a ser la primera en ser madre, y en ese momento creíamos, por problemas de salud de mi hermana, que sería la única madre de esa generación, lo que gracias a Dios, no resultó ser cierto.

Al otro día mi queridísima hermana llegó a la casa cargada de test de embarazos y me propuso que me hiciera varios en el mismo día. Así lo hice, todos seguían dando negativo pero algo dentro de mí y los espíritus consultados seguía diciéndome que daría a luz en nueve meses. A mi mamá no le quería decir nada hasta que no fuera algo seguro. Sabía que su primera reacción iba a ser gritar, preguntarme qué había pasado con todos los consejos sobre el condón, sobre el momento y el hombre indicados, pero que luego se iba a acostumbrar a la idea de ser abuela y que iba a jugar su papel como la mejor y la más completa.

Era viernes, habíamos planificado ir a un bar y llegando a casa de aquel primer trabajo, sintiéndome mal, descubrí unas pequeñas, minúsculas pero firmes manchas de sangre en el blúmer. Salí al balcón del apartamento en el que vivíamos y conteniendo el llanto le dije a Juan lo que estaba pasando. Me escuchó en silencio, me dejó sentirlo y a pesar de la lejanía, también me pareció notar su pesar. Un hijo no era lo ideal para ninguno de los dos en ese momento, incluso habíamos pasado por los días difíciles del primer mes de relación hacía muy poco y las secuelas seguían frescas, pero en realidad, nos habíamos ilusionado con la idea. Tuve que disimular lo mal que me sentía delante de mi mamá en aquel apartamento del tamaño de una caja de fósforos, me tuve que vestir, que maquillar, que vestir y que ir al al concierto en el bar.

Lloré todo el camino, lloré cuando le conté a Nelson y lloré mientras bailaba una canción que el Desce le había dedicado a la madre de sus hijos. Juan me sostuvo todo el tiempo, creo que era su manera de decir que también lo estaba sintiendo aunque no hubiera lágrimas en su cara. Quise emborracharme y le escribí una carta a ese hijo que no llegaría aún.

Fueron dos experiencias que me hicieron desear al niño, al heredero, mi pequeño aporte a la evolución humana y ahora cuando pienso en mi hijo se me agrande el pecho.

Matías es grande, es un como un viejo encerrado en el cuerpo de un niño, rara vez alguien lo regaña por las cosas normales de los chicos y a pesar de que hemos intentado mantener su mundo infantil, ingenuo, él se escapa casi siempre de él para colarse en el nuestro. Algún día le va a pesar, pero ya será demasiado tarde.

X

-No tengo notas así que no te puedo decir exactamente hacia adónde voy, digamos que es algo íntimo.

Adrián se ríe con esa carcajada de molestia que ya le conozco de tantos años juntos.

-¿Pero tú estás loca?

Y vuelve a reírse porque sabe que lo peor de todo es eso, que cree que sí, que estoy irremediable y perdidamente loca.

-¿Tus personajes lo saben?

-Aún no, ni siquiera había pensado en eso.

-Hannah, ¿tienes idea de la cantidad de derechos que vamos a tener que pedir para poder publicar esa historia, al menos tienes idea que si vamos a poderle llamar novela, biografía?

-No tengo la menor idea de ninguna de las cosas que me estás preguntando y además, no sé si la voy a publicar.

Tono. No me puedo poner brava cuando Adrián me cuelga el teléfono, padece del mismo mal carácter que yo, la única diferencia es que él prefiere disimularlo y te da la espalda antes de decirte una barbaridad. Cada vez que me pasa debo agradecer a los muros que crea para no responder. Pero carajo, tiene la facilidad de sacarme de quicio, de dejarme pensando, por eso todos lo llaman el abogado del diablo aunque se haya graduado de filología y letras y sea el vicepresidente de Calle 8 Films, mi productora de audiovisuales, mi mano derecha.

Mi mamá es la primera que deberá leer y aprobar la historia. Por este libro se va a enterar de muchas cosas que no conoce. Además, a partir de hoy, todo el mundo va a conocer mi vida, pretendo sacarme de adentro hasta los más recónditos sucesos, planeo meterme de a lleno en mi cerebro, escarbar hasta la saciedad circunstancias, sentimientos, frustraciones, anhelos. Esas cosas de mí que nadie sabe, que ni siquiera yo he nombrado, organizado.

Quizá esto sea algo que tengo que escribir solo para mí, para sacarme esas cosas de adentro. Tal vez lo que estoy escribiendo es solo una escaleta para si algún día alguien quiere hacer mi biografía. Pero prefiero no pensar en eso aún, solo me conformo con comenzar a sentir esta sensación de tranquilidad, de estar cómoda conmigo misma, con que Juan y Matías entiendan lo que hago, con que me den el espacio que necesito para hacerlo y me apoyen con lo que decida hacer al final.

XI

Me he enterado por Facebook que Pablo ha muerto. No sé la causa, sé que estaba filmando algo en una montaña. Trabajé con este hombre hace solo unos meses y su alegría, su risa me llenaron de vida, de vitalidad. Estábamos todos haciendo algo que no nos mataba de ilusión, un trabajo de los que se hacen para ayudar a los otros, a los que un día nos ayudaron o nos ayudarán a nosotros. Convivimos por casi un mes mientras filmábamos un documental sin tema y me quedé enamorada de este gordo. Enseguida me di cuenta de que todos lo que lo conocían lo admiraban, nunca escuché a nadie hablar algo feo de él.

¡Coño, y me entero por Facebook que ese tipo que rondaba los 40 se murió en un rodaje de forma repentina! Y los viejos de mierda aquellos siguen vivitos, babeándose pero coleando, y los hijos de puta del mundo montan en elevadores vestidos de trajes, con portafolios en la mano mientras miran el reloj pero sin importarles el tiempo. Y entonces Dios, Olofi o quien sea que vive allá arriba, decide llevarse a este hombre porque sí. Le zumba el mango.

Después de indignarme, de decir en voz baja casi alta que la vida es una mierda, las lágrimas que esperaba se escurren despacio por mis mejillas y Matías me responde y va a donde su padre y le dice que estoy llorando. Es domingo y Juan consulta la prensa sentado en una esquina del estudio que le presto algunos fines de semana, entonces se quita los espejuelos de ver de cerca, levanta la vista para descubrir que es cierto, que no estoy escribiendo y algo pasa. Entonces, se levanta y me pasa la mano por la cabeza mientras con la mirada me pregunta qué pasa.

-Se ha ido alguien lindo al que no le tocaba aún.

-¿Conocido?

-Sí.

-¿De qué ha muerto?

-No lo sé, aquí no lo dice.

Juan mira al Facebook abierto en la pantalla de mi computadora y lee los mensajes que le escriben a Pablo y que él no podrá ya leer.

-Vamos.

-¿A dónde?

-A cualquier sitio, a que te saques eso de la cabeza

ahora mismo, no es bueno dejar que la muerte nos ronde. No hay otro remedio cuando de la Parca se trata.

Él me conoce, sabe que me cojo los problemas para mí, que me cargo de mala energía enseguida, por eso casi nunca voy a hospitales a no ser que sea a visitar a alguien muy cercano y menos a velorios o a entierros. No me gusta, soy muy aprehensiva, enseguida me pongo triste. Por eso mi esposo decide sacarme de este hueco en el que estoy a punto de caer y llevarme a caminar por el parque como el ángel de mi guarda que es.

XII

Matías corre, le encanta correr, sudarse y si es preciso terminar con algún que otro arañazo, es como que si no lo hiciera no pudiera probar que la pasó bien, que tuvo la oportunidad de correr, de jugar. Yo también corro, los tres corremos y nos tiramos en la hierba a jugar. La risa de mi hijo es la música más bella del mundo, aunque suene cursi, no conozco una madre que no me haya dicho lo mismo. Pero Matías se ríe alto, abriendo la boca, moviendo todos los músculos de la cara, cerrando los ojos. Su risa es un alboroto y es contagiosa y viene de lo más profundo de su ser de niño. Basta que él empiece para que su padre y yo no podamos parar, luego él solo se mueve y nosotros volvemos a caer en el ciclo de la risa del pequeño.

Y al final me siento, agitada, a mirarlos desde la hierba y recuerdo a mi padre ausente y el pecho se me agranda de felicidad porque mi hijo tiene a su padre cerca y lo ama como a nada en el mundo. Estoy convencida de que si algún día se acaba el amor entre nosotros, Matías no sufriría la separación, el padre lo ama tanto que no podría siquiera respirar bien sin él, me dejaría a mí, conocería a otra mujer y serían muy felices, pero jamás abandonaría a su hijo.

La culpa de los malos recuerdos de mi padre es, por supuesto, responsabilidad de él, están en su cuenta desde hace muchos años. Mi madre era muy joven y se dejó enamorar por aquel médico que imponía respeto y para algunos hasta adoración. Inteligente, bien parecido de una forma especial y con ese aire de poder que termina por conferirte todos los reinos del mundo. Mi madre era una presa fácil, había sufrido un gran desengaño del padre de mi hermana y la criaba sola junto a mi abuela que trabajaba 12 horas diarias en un restaurant. Necesitada de amor, de ayuda, de un hombre maduro, responsable, que le mostrara un mejor camino a seguir en la vida, se vio envuelta en la palabrería de aquel señor que le prometió un amor seguro y eterno.

A mi papá, soltero luego de dos divorcios, le ofrecían irse de La Habana para convertirse en el médico insigne de algún lugar lejos de la capital, además le garantizaban a mi mamá un trabajo como periodista en el periódico del rincón que fuera al que lo mandaran. Mi hermana podría tener un padre que la educaría mejor que nadie, vivirían solos, independientes de la abuela insoportable, no tendrían problemas económicos. ¿Qué más se podía pedir?

Como a los tres años llegué yo. Justo cuando estaban a punto de divorciarse, en el momento en el que andaba cada uno por su lado y cuando se unían era para pelear. Llegué yo y lo primero que pensó mi madre fue en no tenerme, gracias a mi hermana que rogó día y noche por un hermanit0, estoy aquí. A mi hermana de 10 años que no estaba enterada de nada de lo que pasaba en la relación de sus padres le debo la vida. Fue un embarazo complicado, de reposos, transfusiones de sangre, pies en alto y mi madre al final decidió irse a La Habana para parir lejos.

Así fue como llegué al mundo, la parte en la que ellos se arreglaron no la recuerdo, realmente no sé si alguien me la contó alguna vez o si en realidad arreglarse fue solo un plan para que la niña naciera dentro del matrimonio. Mi padre se fue a Nicaragua de misión internacionalista cuando yo apenas tenía dos o tres años. Uno de los vacíos que conservo es que no guardo ningún recuerdo de la figura paterna caminando en chancletas y short por la sala de la casa, almorzando, viendo el noticiero o leyendo el periódico. Luego de regresar de la misión, apenas a los 15 días, se estaba yendo de la casa por una amante nicaragüense, no era la primera, pero sí la última que mi madre estaba dispuesta a aceptar. Para ella, después de varios años sola, ingeniándoselas para sobrevivir, ya era suficiente. Había demostrado que lo podía hacer sola y que lo prefería a ser infeliz.

De esa forma desaparecería para siempre la posibilidad de tener una imagen paterna. Desapareció la posibilidad y con la separación, desapareció también mi padre y el Moskovitch en el que nos movíamos. Él se fue a vivir a una provincia del Oriente del país, a 10 horas en Ómnibus de La Habana y se enfrascó tanto en sacar adelante la sala de Neurocirugía de aquel hospital en medio de la nada, que solo recordaba llamarme los 5 de septiembre y porque una agenda electrónica se lo recordaba. El auto ruso estuvo por varios años a la intemperie frente a la casa de otra hija de él como una muestra de inconformidad ante la separación hasta que se lo robaron y el monumento desapareció.

Lo quise mucho, tanto que era necesario llevarlo en secreto. Una vez llegué a decirle la cosa más cruel del mundo a mi madre, recuerdo que fue algo así como:

-¿Mami, yo no sé por qué si tú eres la que siempre estás conmigo y la que me lo compras todo, yo quiero más a mi papá que a ti?

Si yo hubiera sido mi madre hubiera querido que la tierra me tragara, que me llevara un tornado para nunca regresar, desaparecerme de la faz de la tierra, sin embargo, las madres tenemos esa bella virtud de no poder guardarle rencor a los hijos.

Hubiera dado un par de cosas importantes por tener algunos días felices con mi padre antes de aquel agosto del 2008. Acababa de graduarme del ISA, disfrutaba de las esperanzas de mi etapa como profesional en la televisión nacional, había comenzado a perdonar a mi padre, por tanto a quererlo menos, cuando recibí aquella llamada de su esposa explicándome que él estaba grave, que le había dado un derrame cerebral y la opinión de los médicos era completamente desfavorable. No recuerdo haber llorado, creo que también porque mi madre estaba ahí y cuando me vio, me sintió los deseos y me montó en una guagua solo dos horas después, mientras un ciclón amenazaba con llevarse a pique, de una vez y por todas, a aquella isla desobediente. Pedro me despidió en la puerta de la guagua, entonces sí empecé a llorar y creo que no logré parar en todo el viaje. 11 horas al lado de un gordo que lo único bueno que tuvo fue que me ignoró todo el tiempo. Hubiera sido el peor viaje de la historia de todos los viajes si me hubiera caído al lado una señora preocupada, maternal, que no me dejara llorar a mi antojo, pensar en los cientos de cosas que me había perdido porque aquel neurocirujano lo había preferido así. Sí, definitivamente el gordo estaba bien. Nunca había viajado hasta Ciego de Ávila, que es la capital de la provincia, por suerte eran como las 7 de la mañana y con un poco de dinero no fue difícil que un taxista, de los de la izquierda, no de los estatales, me llevara volando después de enterarse de quién era y a qué venía a ese pueblo perdido por una carretera imaginaria que ellos habían trazado con tanto ir y venir.

Desde entonces me percaté de que mi padre era famoso y que mi parecido con él seguía siendo tan asombroso que nadie podía dudar en preguntarme, abiertamente, en el sitio que fuera, si yo era la hija de Imbert. Por esa asombrosa semejanza incluso en los gestos más comunes, no me costó ningún trabajo llegar directo a terapia intensiva, donde me miraron con asombro, con temor, con lástima, mi madrastra Raquel y un primo que nunca en la vida había visto y con un parentesco que aún dudo, Monzón creo que se llamaba. Ya no estaba llorando, las últimas lágrimas habían salido horas antes y parecía que me había secado, que no volvería a llorar nunca más.

Un médico joven pero imponente por su altura y su fortaleza física salió y me fue presentado. Yo aún andaba con la mochila a la espalda y con una toalla de casi dos metros de largo con la que me había tapado del frío en aquella Yutong infernal. Saludé al médico con el rigor que me caracteriza y dejé que me explicara que a mi papá le había dado un Derrame Cerebral, que lo habían operado lo más rápido que había sido posible pero que en ese instante estaba reportado de Grave Crónico y ellos dudaban que pudiera salvarse.

-A pesar de que no es recomendable en estos casos, yo te voy a dejar que pases a verlo para que te despidas. Conozco la historia.

Aún hoy, como muchas cosas en mi vida, dudo de la historia que aquel médico me estaba diciendo que conocía. ¿Por quién la conocía? ¿Mi padre en alguna borrachera le había dicho que tenía otra hija en La Habana? ¿Qué más le había dicho, que me había abandonado al separarse de mi madre, que solo me llamaba los días de cumpleaños?

Me vistieron de verde de la cabeza a los pies y entré a aquella sala blanca, recuerdo la iluminación y ningún rostro. Todavía ese día el que estaba sobre la cama tenía la imagen que recordaba de mi padre, imagen que se vino abajo en poco tiempo. Estaba fuerte, tenía el rostro endurecido supongo que por el dolor, el miedo y la guerra que libraba internamente con él mismo y con los que insistían en llevárselo. Estaba en una habitación con un enfermero que cuando yo entré salió para dejarnos solos. Mi cuerpo entero estaba tenso, si me hubieran tomado por el brazo en ese momento me hubiera partido como un muñeco de madera. Me quedé estática, parada junto a su cama, lejos de él y de todos los aparatos a los que estaba conectado. Recordé las decenas de películas y libros en los que aseveran que los pacientes en estado de coma escuchan, pero me daba pena hablarle a ese hombre que no conocía, le tenía mucho respeto. Aún en ese estado vegetativo y sordo sentía que no tenía nada qué decirle.

Creo que al cabo de las horas me senté en la silla a su lado y le acaricié la mano y lloré por dentro, porque nunca antes recordaba haber hecho eso, ¿por qué carajo había que llegar a ese punto para poder tomarle la mano a mi padre con cariño? La vida era una mierda y era responsabilidad de los hombres y mujeres que la rellenaban de conflictos, temores, recelos.

A partir de ese día fui la única a la que dejaron entrar en la Terapia Intensiva. Creo que porque todos se ponían muy nerviosos y comenzaban a llorar y yo ni siquiera me sentía, los médicos y enfermeros pasaban y yo era como un fantasma, no preguntaba nada, no decía nada. Con el paso de los días pude comenzar a hablar con él, nos fuimos familiarizando. Ponía la cabeza al lado de su mano y le contaba momentos de mi vida como aquella vez que gané el concurso provincial de Historia de Cuba, o cuando me dieron el Verso de la Patria en 9no grado, o cuando me hicieron miembro de la UJC (Unión de Jóvenes Comunistas). Le conté de todos los preparativos para filmar mi tesis, de las prácticas y entrenamientos en la División de Tanques de Managua, de cuando el General Jefe de División pensó que yo era una soldado y me iba a meter presa por no pararme de la silla y saludarlo como todos los demás, de cómo entrábamos y sacábamos las municiones del RPG7 como si fueran caramelos. Le conté de todos los premios, del respeto que me había ganado al hacer lo que todos dudaron. Le hablé de los abuelos de Pedro, de sus padres, de que me sentía como de la familia, incluso con las cosas malas que trae eso. Le hablaba y él me escuchaba sin reaccionar. Sus músculos se movían como un reflejo incondicionado del cuerpo y yo me sorprendía, me esperanzaba, saltaba de la silla, pero luego todo volvía a la normalidad, solo eran señales de vida, para mí, muestras de que aún estaba luchando, que no se había dado por vencido.

Lavándome la cabeza un día me corté en el codo y me pusieron dos puntos. No podía hacer nada, ni siquiera bañarme, no le quería decir nada a mi mamá pero se lo dije a mi novio que en menos de 3 días ya estaba en Morón para ayudarme. Gracias Pedro, no solo por echarme la pasta de dientes en el cepillo, por abrochar mis zapatos, por llevar las cuentas y evitar el despilfarro, gracias por estar allí. La próxima vez que fui a Morón ya no estabas y lloré el doble.

Pedro llegó y estaba todo el día en la sala de espera junto a los otros familiares. Ese es el lugar más tétrico del mundo. Todos están allí como apilados, algunos hablan, gritan por el nerviosismo, otros permanecen en silencio, caminan de una esquina a otra. Del lado de allá del cristal hay una mujer con un teléfono. Cada vez que se siente el sonido del aparato el tiempo en la sala se detiene, las respiraciones se trancan y cuando dicen el nombre de uno de los pacientes, para algunos representa el alivio, el egoísmo de saber que no pasa nada malo con ellos, para otros es la muerte, el pánico. Muchas veces se me encogió el corazón en esa sala al escuchar Dr. Imbert, siempre fueron pacientes que se había enterado de la enfermedad de mi padre y llamaban para saber las últimas noticias.

El 5 de septiembre sonó la agenda electrónica de mi papá que la cargaba su esposa desde el derrame. Solo Pedro y yo sabíamos hasta ese momento que era mi cumpleaños y estábamos conscientes de que no había nada que celebrar. Para entonces la familia que esperaba había crecido, habían llegado mi tío Isaías, mi prima Vicky y mi hermana Raiza a la que hacía años no le hablaba. Cuando escucharon el vip, vip de la agenda yo estaba con mi papá toda vestida de verde y le pedía que me hiciera un regalo, que saliera del coma de una vez, que dejara de tener fiebre. Mi mamá lo había consultado con Orula, nos habíamos acordado que en mi Itá de santo Yemayá había dicho que a mi papá le iba a dar un Derrame Cerebral y eso había sido 3 años antes. También a hacerle trabajos con un palero había ido mi madre y contra todos los pronósticos médicos, los santeros y espiritistas decían que se salvaba. Ese martes 5 de septiembre le pedí a los santos que le abrieran los ojos de una buena vez y como no tuve respuesta decidí irme un rato, salir a dar una vuelta, a tomarme una merecida cerveza aunque fueran las 12 del mediodía. Y así lo hicimos Pedro y yo. Caminamos por las calles de Morón como dos turistas, Pedro me compró una cartera negra y un monedero y me hizo reír. Al regresar tenía una noticia en la casa donde me hospedaba, todos me estaban buscando, mi papá se había despertado.

Corrí al hospital, corrí con las dos piernas y con el alma, llegué sin respiración, sudada, adolorida y Raquel me recibió llorando. Ya se había dormido de nuevo pero Santiago podía intentar despertarlo para mí. El médico me pidió que me relajara, que me secara el sudor y me advirtió que no podía llorar. Subimos en silencio hasta la sala. Mi papá estaba más sentado que acostado y advertí que ya no era el hombre que yo recordaba. Estaba flaco, ya no tenía la venda en la cabeza y se podía ver el hueco en su cráneo del hueso que había sido extraído para comodidad de los cirujanos y tenía un color medio verdoso. Santiago, como si jugara con un ataris, le tocó unos cables que estaban pegados a varios puntos del pecho y mi papá abrió los ojos quejándose. Luego me enteré que lo que hacían esos cables era darle sensación de dolor y a eso reaccionaba y despertaba. Me paré frente a él sonriendo.

-Hola.

-Profe, ¿usted sabe quién es ella?

Y el profe empezó a llorar como un niño sin consuelo, yo no pude hablar, solo lo miraba y le acariciaba la mano, estaba consciente de que no podía llorar. Fue Santiago el que tuvo que ponerle fin a eso después de intentar tranquilizar al enfermo para que no llorara más.

-Todo va a estar bien. Te quiero mucho.

Fue lo mejor que logré decir antes de que Santiago me sacara de la sala y le pidiera al enfermero que le pusiera un tranquilizante. Aquel hombre que aún luchaba contra la muerte estaba arrepentido, su llanto fue para mí el más grande de los signos de angustia que mostró mi padre en toda su vida. Yo había estado allí todos esos días, sufriendo con él, luchando con él y él jamás había estado ahí para mí. Pero ese día regresó de un mundo de tinieblas y lloró, lloró por todos los padres que dejan a sus hijos cuando se divorcian.

Nunca cerré definitivamente ese capítulo de mi vida, aún no sé si logré perdonarlo, si lo volví a querer como a mi padre y no como a aquel señor que se le había escapado a la muerte. A veces, cuando hablo sobre él, puedo sentir un deje de admiración por el médico que fue, pero no logro hallar las palabras de cariño que podría dedicarle al padre.

XIII

Al fin mi madre se ha enterado de que escribo la historia de mi vida. He intentado explicarle que no me gusta el término memoria y que no es buena idea que lea lo que tengo escrito hasta ahora. Hay un montón de errores, desde gramaticales hasta de historia como tal y ella es crítica hasta la médula. Pero de nada han servido mis argumentos.

-Mándamela por correo ahora mismo.

Esas fueron sus últimas palabras en la mañana y creo que ni siquiera tengo que explicar el tono en el que fueron dichas. No me preocupan las cosas de las que se puede enterar, son tonterías, secretos por todos sabidos a todas voces dichos, pero mi madre suele ser dura en sus planteamientos y tengo miedo de que me quite el primer impulso. De todas formas no creo tener muchas alternativas, o se la mando o se la mando.

XIV

El mar siempre estuvo, de una forma u otra. Es un elemento recurrente en esa isla, en todas las islas. Desde el olor de la ciudad que te penetra por la nariz como si fuera una ola llena de agua salada. Cuando regresé a La Habana después de irme por primera vez, bajándome del avión, respiré el aire del mar y empecé a llorar como una tonta. Son famosos los oficiales de aduana de los vuelos de Estados Unidos a Cuba. La terminal I del Aeropuerto Internacional José Martí es una locura donde le intentan quitar a los pasajeros hasta la mínima cosa. Existen unas regulaciones aduanales escritas en alguna parte que nadie respeta, que nadie conoce.

Yo siempre he corrido con suerte y esa primera vez estoy segura que fue a causa de mis lágrimas. Los demás lloran cuando llegan afuera, cuando abrazan a los familiares, cuando ven a sus mascotas, a sus niños, a sus novios, pero yo lloré desde la primera aspiración.

Cuando llegué afuera, como lo logré hacer entre el gentío, la bulla, el claxon de los carros, la paquetería de los que quisieran llevar a Miami en una maleta para La Habana, ya estaba empapada en llanto y Lourdes solo se reía, con esa risa nerviosa que todos le conocemos y que ella disimula entrecerrando los ojos una y otra vez. Allí estaban, esperándome, la amiga incondicional 30 años mayor que yo, su hija de 17 y su hijo de 28. Una familia que me conseguí, que me robé, que me puso Ochun en algún punto del camino. Lloramos y nos abrazamos como los demás, tan comunes en medio de toda esa gente diferente pero a los que nos unía el amor, la distancia y también el odio, la angustia, el estar en contra.

Nos montamos en un Lada, siempre un Lada y por un arranque de religiosidad y de mar le pedí al chofer que nos llevara directo a la Iglesia de Regla. No solo ahí estaba la virgen, Yemayá, sino que había que cruzar el mar en una lancha a punto de zozobrar con cada centímetro recorrido. Crucé llorando el pedazo de agua y así llegué al otro lado, así me senté en el muro que reconocí más mío que nunca y me dieron deseos de besar el piso y de agradecer, de abrazarme al concreto, de llevarme un pedazo en el bolsillo porque sabía que no podría quedarme.

Luego nos fuimos al malecón, al muro que contiene el ímpetu del mar, 8 kilómetros de concreto que aguantan como pueden, casi por milagro del cielo, también a los cientos de enamorados que se sientan ahí todos los días de esta vida. Y fue imposible no acordarme ese día de que era el final obligado de todas las salidas de mi generación. Primero íbamos al cine Yara a ver lo que fuera que estuvieran poniendo, después hacíamos la cola de dos horas de la heladería Coopelia para tomarnos el helado del sabor que hubiera a esa hora y por último, caminábamos por el muro del malecón hasta que las piernas nos dolieran y se acercara la hora de llegar a la casa. Entonces, como las guaguas estaban tan malas y no teníamos dinero para taxis, corríamos por la calle G. Todo el esfuerzo de correr, de apurarnos era en vano, pues siempre estaban las madres esperándonos en los bajos del edificio prometiendo y cumpliendo posteriormente mil y un castigos y a punto de llamar a ambulancias y policías porque se preocupaban, porque pensaban que nos había pasado algo.

En ese Malecón me senté muchas veces a conversar con Pedro cuando ya no éramos novios y teníamos aquella relación a la que ni nosotros ni nadie pudo nunca ponerle un nombre. En ese muro, un día de locura, con el corazón en la punta de la lengua y las manos y el cuerpo entero temblando, le propuse matrimonio a Pedro cuando teníamos 25 años. Recuerdo que la síntesis de la respuesta fue como siempre madura, bien pensada, no estábamos en la misma parada de la guagua, que era lo mismo que estar en etapas diferentes de la vida. Yo ya me había graduado de la universidad y soñaba con conquistar el mundo y Pedro aún estaba en la carrera, viviendo con sus padres, luchando por salir bien en las pruebas, por no llegar tarde al primer turno, por mantener el cuarto organizado y la computadora libre de juegos que la hicieran más lenta de lo que era.

Si me pude recuperar de ese plantón y seguir con él siendo capaz incluso de olvidar ese día, fue porque mis deseos de casarme no eran del todo reales, sino una búsqueda de emoción, de cambio, de sentir que evolucionaba en algún punto de la vida, que no me estacaba, que habían más cosas esperando. Por tanto he de agradecerle a Pedro esa sabia decisión de decirme que no sin miedos, sin dudas.

En el malecón se toma ron, cerveza, se toca guitarra, se cantan canciones de lo más cheo del repertorio, se dan besos los jóvenes por primera vez y los más tímidos se permiten un roce de manos. Se reúnen los grupos de amigos que gritan sus planes, se ríen y lloran, hacen cuentos y piensan en el malecón como en una frontera, lo que los separa de la felicidad. Ahí los santeros arrojan sus ofrendas a Yemayá, la dueña del mundo y le hacen plegarias, "por favor santica, déjeme cruzar sus aguas". Por el Malecón caminan las mujeres con sus niños de mano a los que sacan a tomar aire y caminan también las putas, las jineteras, las Maruchis que por unos pesos te llevan al paraíso y te llenan de recuerdos y de nuevos movimientos. Por esa acera caminan las viejitas a toda hora vendiendo maní, maní garapiñado, flores para las novias, caramelos de mentas, chiclets, chocolates y debe haber quien pase vendiendo la pastillita azul y alguna que otra ramita de hierba motivadora y enajenante. Las novias se sientan mirando al mar, al horizonte y los novios se acuestan sobre sus muslos. Las parejas se acarician, aprietan y no han faltado las que han tenido que bajar hasta el arrecife a saciar las ganas. El malecón es el paradero de los que sueñan.

Sentada en el malecón, romántica, mi hermana perdió en pleno año 1991 un tenis. Se le cayó al mar y no hubo forma humana de recuperarlo, en la década del 90 un par de tenis en Cuba era un lujo y ella, etérea, perdió uno sentada en el muro del malecón de La Habana mientras miraba hacia lo que sería su futuro.

Un día, hace algunos años, el malecón se llenó de balsas, balsas hechas a corre corre, de cualquier material, de pedazos de madera con cámaras de gomas de camión, de polyespuma, y junto a las balsas corrían sus dueños con sus esposas, sus niños que lloraban llenos de mocos y las tías y las abuelas que pedían paciencia, cordura. Eran doctores y delincuentes, abogados y analfabetos y a todos les tiraron huevos, les gritaron lacra, gusanos, traidores, lumpen. El pueblo uniformado los golpeó, los empujó y hubo que dejar de hablarles a los allegados que se habían quedado. Así mi tío perdió una novia y a su mejor amigo, el mismo que años después lo ayudó desde su cargo en el bufete colectivo de Santiago de las Vegas, porque el tiempo ha resuelto todas esas meteduras de pata, al menos las ha limado, las ha escondido un poco, las ha maquillado. ¡Qué ironía de mierda! Después fueron esa gente los que sacaron a Cuba del Período Especial, o al menos, del más crudo. Fueron los de La Comunidad, los pobres que lo perdieron todo y se habían ido en balsa, en cigarretas, con pasaportes falsos, con matrimonios falsos, con contratos de trabajo falsos, los que le enseñaron a los niños cubanos qué era la mantequilla de maní, la nutella, las muñecas que hablaban y caminaban, los polvos mágicos para cocinar, los que les enseñaron qué cosa era Varadero y les demostraron que del lado de allá se podía lograr cualquier cosa. Fueron ellos los que mantuvieron las tiendas llenas y los que hicieron, hacen aún, que ese gobierno siga a flote.

El mar es símbolo de libertad, pero el nuestro tiene manchas de sangre, del sufrimiento de todos los que no llegaron y de los que sí pudieron tocar la arena con los pies secos pero nunca más volvieron a ser los mismos y andan por cualquier parte del mundo sin pertenecer a ninguna. Maldita y estúpida política.

Yo trato de no pensar en todas esas cosas que me amargan la vida y miro al mar, aspiro su olor puro, limpio, a naturaleza sin celo. Este es el olor que debe haber en el paraíso y abro los pulmones lo más que puedo para que se me meta hasta adentro, a ver si consigo llevarme un poquito para Miami.

-Gracias madre, por ser la esperanza, por no irte, por permitirme volver.

Y supongo que también le tenga que agradecer, como religiosa que soy, por permitirme cruzar su mar y lanzarle un rezo en lengua yoruba y así lo hago. Lourdes, Darío, Patricia y el chofer ya no me miran, cierran también los ojos y por un segundo todos somos felices aspirando el verdadero olor de la vida.

XV

Las vacaciones siempre eran en la playa. Todos buscaban la manera, se planificaban durante todo el año, se esmeraban en los centros de trabajo donde las daban como estímulo a los mejores trabajadores. Algunos tenían familiares o amigos que vivían por allá y a esos les resultaba más fácil, más barato. Todavía hoy, muchos de mi generación le tenemos odio al número 400, el de la guagua que iba para las playas del Este. Montada allí vi, escuché y sentí casi de todo, pero era la única forma de darse un chapuzón en Guanabo o en Santa María según el gusto de cada cual. Años después, cuando aparecieron los boteros, los famosos almendrones, joyas andantes que cogieron para taxis sus dueños, un viaje semicómodo costaba 25 pesos o 1 CUC, un cuarto de algunos salarios de la isla. Pero es innegable que valía la pena por darse un chapuzón en aquellas aguas que eran divinas, sanadores, revitalizantes.

Yo tuve la suerte en la infancia de tener por vecinos a Tina y a Gerardo y que ellos tuvieran a Anabel y a Joel. El Joe y yo éramos contemporáneos y Ani era como unos 6 años menor. Tina y Gerardo eran oficiales del MININT y les daban casas en la playa todas las vacaciones, una a cada uno. Por ahí eran 15 días en la playa con todos los gastos pagos, era un lujaso. En esas casas nos esperaban naylons de galleticas dulces, africanas, refresco de laticas y todo lo que uno no encontraba en la calle. Además, comíamos en restaurants, desayunábamos tortilla de jamón, café con leche, agua en copas de cristal. Por unos días vivíamos lo que en el resto del planeta era una vida normal pero que en la Cuba de los 90 era una vida privada para la gente común.

Luego todos crecimos y también los problemas, si mal no recuerdo ya no le daban a mis vecinos-familia dos casas. Alguien había descubierto que cogían playa por los dos lados y decidieron quitar una, más adelante Raúl Castro eliminaría las "gratuidades" y las casas como estímulo al trabajo fue una de ellas.

Después de Tina y Gerardo, ya en la Universidad, me fui de vacaciones con los amigos de Gustavo, mi novio de finales del pre e inicios de la carrera (al que a partir de ahora llamaré El Innombrable y al que trataré de mencionar lo menos posible, so pena de que mi madre no se lea este libro) y por último tomé como mías las vacaciones de la familia de Pedro. A su tía le daban una espectacular, una casa de tres pisos en una zona de playa privilegiada, alejada de la muchedumbre y de la gritería. Como era una familia numerosa, compartíamos la casa y los deberes entre María Karla, la prima a la que había que pedirle constantemente que ayudara, que se moviera del asiento; Alejandro, el novio que la intentaba mover y terminaba haciendo el trabajo de los dos por vergüenza ajena; Fabio, el abuelo que preparaba en Excel, meses antes, lo que íbamos a comer y en cuántas calorías diarias se iba a dividir, lo que debía aportar cada uno y los equipos de trabajo de cada día; Angela, la abuela divina, ciega, que solo se sentaba a escuchar y a disfrutar de los cuentos del pasado y a la que solo vi bañarse en la playa una vez; Magda, la madre de Pedro, que llevaba un desfile de sombreros y pareos que le provocaban envidia a todo el mundo; Charlie, su esposo, que se sentía tan extraño como yo en aquel mundo híper planificado y a veces hasta frío; Juan, el tío víctima del chucho familiar, el que se quedó esperando una vez durante dos horas en la playa bajo el inclemente sol del verano cubano a unas personas a las que les pagó unos tamales y le dijeron que no se moviera del lugar, que enseguida regresaban a darle los que faltaban y Dagmar, la tía, la dueña de la casa en la playa, la funcionaria del gobierno que nunca se desdoblaba de su papel de mujer seria y profesional. Luego se turnaban de año en año, los hermanos de Juan, las madres de sus hijos con los hijos, algún que otro amigo de Pedro. En fin, la típica casa en la playa que todos aprovechaban para quedar bien con los demás porque era algo que se daba solo una vez al año y nadie sabía a ciencia cierta, si se repetiría.

Pero las mejores vacaciones, donde yo podía ser

perfectamente quién era, con mi hermana en el extranjero y mi forma de vestir diferente, rara pero auténtica y de buen gusto, eran las de Villa Coral, la casa de la UNEAC. Era solo una habitación con tres camas, una grande y dos pequeñas que Pedro y yo uníamos para terminar durmiendo solo en una. Había unos jardines enormes con mesas y sillas donde la gente se sentaba a jugar dominó y a hablar de política cultural, donde al menos parecía que se respiraba un ambiente de libertad.

Allí compartí con el ministro de cultura Abel Prieto y confirmé lo que veía en el televisor, que era un gran tipo y que estaba bien enfermo, por dentro y por fuera, no se puede estar tan cerca del régimen, pensar diferente y permanecer sano. También jugué dominó con Miguel Barnet y otras figurísimas de ese nivel que se desdoblaban al andar en short y chancletas. Charli y yo, siempre haciendo un gran team nos acercábamos, sonreíamos pero calculábamos todo el tiempo, y al final del día todo nos parecía mal, y seguíamos con la idea de que aquello no era más que un performance.

Y aquí debo hacer un pequeño alto para hablar de Magda y Charlie, mis suegros por varios años. Ambos eran creadores, artistas, pero Magda siempre se inclinó a la dirigencia cultural y aunque siempre lo vi mal, alguien tenía que hacerse cargo de la parte fea. La primera vez que vi a la que sería mi suegra fue en un turno de clases en la universidad. Ella era la profesora sustituta por unos días, yo usaba unos aparatos para los dientes, que se quitaban y se ponían y eran como un arnés de caballo. Comenzamos a discutir porque no estábamos de acuerdo en que uno joven que trabajaba en la televisión era buena actriz. Aquella mujer de 50 y tantos años, casi 1,80 de estatura, dedos largos y voz ronca y apasionada, me fue encima tratando de defender su criterio. Yo aún no sabía que no se le podía discutir a Magda y terminé quitándome los aparatos de la boca, arrojándolos a la basura porque ella no me entendía bien cuando le decía que no estaba de acuerdo y que no me iba a convencer, para mí era la peor actriz joven de Cuba. La segunda vez que la vi y tuve que interactuar con ella fue en el parque frente al cine 23 y 12 cuando Pedro nos presentó, hasta ese día yo no había unido sus nombres, su parentesco. Ella trató de ser agradable y yo hice lo mismo, comenzaría una tregua que se convertiría en reconciliación meses después.

Charlie era el rebelde, con el pelo largo, canoso, breve, a pesar de sus 55 años. El que hablaba alto y casi siempre, como yo, estaba en contra. Nos vimos por primera vez en la vida ese día en el parque. Años después me confesó que lo había extrañado mi forma de vestir, de hablar sin pensar y soltar a quemarropa todo lo que me venía a la mente. Creo que eso nos unió, eso y sentirnos lejos.

La primera vez que fui a comer a su apartamento en el último piso de un edificio de micro atípica como se le decía, Magda preparó unos spaguettis al Pesto. Jamás, nunca en la vida, he podido sentir gusto por los vegetales, por las pastas raras, en eso soy una típica cubana de arroz congrís y carne con yuca. Me senté a la mesa junto a otros dos invitados a almorzar y traté de tragar aquella comida de la que mi suegra estaba orgullosa, intenté masticar sin respirar y luego tomar agua hasta que nadie pudo pasar por alto mi palidez a punto de explotar. Estaba hasta sudando frío y delante de todos tuve que confesar que no me gustaba para nada lo que estaba servido. Magda me propuso freírme unos huevos, darme arroz blanco del día anterior, unas galleticas con jamón y queso, pero ya yo no podría pasar nada más por la garganta hasta horas después. Fue mi primera gran vergüenza en esa familia.

Convivimos en ese apartamento los 4 durante mucho tiempo. Era difícil porque apenas había espacio y a pesar de tener nuestra habitación, no había apenas intimidad. Entre aquellas paredes me sentí como una más de la familia, como la hija hembra a la que los padres defendían cuando tenía la razón y regañaban cuando no. Los quise mucho, mucho, pero era muy joven para entender que la familia del novio siempre va a ser eso, la familia del novio y casi nunca nada más. Gracias a ellos y a los abuelos de Pedro con los que también conviví, porque éramos como gitanos que estábamos un tiempo en cada casa, como frutas en el desayuno aunque no me gusten mucho, tomo leche, hago ejercicios de vez en cuando y tengo una buena postura frente a la computadora. A aquellas largas conversaciones les debo haber profundizado en el arte de la polémica, de no quedarme callada, de defender mi criterio y también a escuchar. Gracias a ellos y junto a ellos crecí y me hice la profesional que soy hoy.

Esos fueron mis suegros, los padres de Pedro Luis, con los que compartí aquellas maravillosas vacaciones en Villa Coral donde sin embargo, y eso es un punto en contra, no estaba permitido dormir. ¡Qué horror!

Con mi madre solo recuerdo una casa en la playa y no digo que estoy segura que haya sido solo una porque no quisiera discutir con ella sobre mi mala memoria. Cuando terminé de filmar "Melaza", con el sueldo que me pagaron decidí que nos iríamos a despejar y así, nos fuimos a la playa. El equipo esta vez fuimos mi mamá, nuestra madrina Paula, su ahijada Yamilet y yo. Creo que no fue la experiencia más feliz. Por esos días mi cabeza era un desastre, un desorden, me sentía una mercenaria del arte al haber hecho "Melaza", nunca antes me había sentido tan alejada del trabajo creativo y eso me había hecho sentir infeliz, incluso a ese largometraje le debo una gastritis que terminó siendo esta úlcera que cargo y que me recuerda mi condición de sufridora y estresada. Mi situación amorosa era sumamente pobre y a la vez compleja. Pedro seguía dando vueltas, pero solo se acercaba un poco, seguíamos saliendo, nos sentíamos bien pero él no quería comprometerse más y yo me justificaba diciendo que estaba bien tener una relación sin ataduras, pero al mismo tiempo lo necesitaba cerca y no estaba. Había aparecido otra persona, felizmente casada pero a la que le moví el piso por mi juventud, por el movimiento de mis caderas, por mi carácter tajante, duro pero a la vez sensual, desprendido, aparentemente despreocupado y porque me lancé y le dije que no me quería casar con él ni tener hijitos, solo que me gustaba y punto. Fue bonito mientras duró, conversábamos durante horas después del rodaje sentados en cualquier parte, me acompañó al hospital mientras los dolores por la gastritis no me dejaban dormir pero terminando la filmación terminó también aquella historia. Yo podría haber insistido, pero él era feliz y yo no podía, no quería ser la que destruyera esa armonía que habían construido. Así que seguí adelante agradeciéndole por los momentos lindos sin perdonarle la indiferencia de los meses siguientes. Creo que también influyó que durante la casa en la playa se encontraron él y Pedro. Sí, definitivamente ahora recordándolo todo de nuevo, eso no estuvo bien para ninguno de los tres. Aunque en apariencia yo no tenía compromiso con ninguno de los dos, cuando mi mamá y Paula vieron detenerse frente a la casa su lada verde, se les congeló el corazón y el cerebro. Mi mamá se puso muy nerviosa, no sabía qué hacer, le brindó una cerveza, una copa de vino. Pedro y él se dieron la mano y él dijo que había pasado por ahí de casualidad.

Para ser feliz completamente necesito de dos cosas o al menos de una de las dos, satisfacción profesional, una buena idea dándome vueltas a punto de estallar en un guión o en un libro y un hombre al que amar, apasionadamente como siempre lo he hecho, a la tremenda, al mundo se va a acabar, al no puedo creer que esto me esté pasando de nuevo. Durante esa playa, no tenía ninguna de las dos.

Bebíamos desde el amanecer, una cerveza y otra y otra y a mí no me daba ni cosquillas. Buscando la emoción,

Yamilet y yo rentamos unas bicicletas. Montábamos inseguras hasta que nos relajamos y vino el accidente, Yamilet se cayó y el hueso del tobillo se le salió, unido al hilo de sangre que le corría pude ver las estillas. Meses antes, durante el rodaje de "Melaza" ya había visto algo parecido y me había tocado a mí ir al hospital también, acompañando a la asistente de casting. Dejé mi bicicleta tirada en la calle y corrí a la casa más cercana mientras Yamilet, una mulata de grandes caderas, estaba tirada en el suelo llorando sin poder mirarse al pie. En la casa que más cerca me quedó había música, fiesta, me acerqué a la reja y le supliqué al primero que vi que me llevaran con mi amiga al hospital más cercano. El hombre mayor me dijo que habían bebido mucho, que no era seguro que manejaran, pero el más joven se compadeció de mí y nos llevó medio ebrio mientras Yamilet desde la parte de atrás del carro le pedía que se apurara.

El policlínico de Guanabo estaba lleno pero nos atendieron de maravillas, el doctor dijo en cuanto la vio que había que llevarla a un hospital ortopédico en La Habana, que seguramente la iban a tener que operar y que la recuperación tardaría al menos un año. Yamilet lloró más alto porque recordó que nadie la podría cuidar durante ese tiempo porque su madre estaba enferma de los nervios y seguramente también pensó en ese momento en el dinero, en quién trabajaría para mantener la casa. Yo me alejé y llamé por teléfono a mi mamá para contarle lo que había pasado. A los pocos minutos estaban ahí mi madre, Paula y los ambulancieros.

La muchacha me agradeció al irse y yo me limpié las manos con sangre, fui a buscar las bicicletas que los dueños del carro me habían guardado en su patio y me senté en la terraza de la casa que habíamos rentado a hablar con mi mamá y a tomarme una cerveza fría. Me sentía sumamente nerviosa y tenía hasta ganas de llorar, pero solo pensaba en qué íbamos a hacer mi mamá y yo solas en esa casa en la playa, para empezar ni siquiera teníamos qué comer esa noche. Caminamos hasta el lugar más cercano pero no había nada y nos recomendaron un restaurant que yo reconocía por el nombre pero que estaba lejos y en la oscuridad de la playa era imposible caminar hasta él. Entonces dos policías que manejaban una patrulla se ofrecieron a llevarnos y a recogernos luego. Mi mamá dijo que sí enseguida, luego de que nos recogieran en la puerta del restaurant una hora más tarde, se sentaron en el portal y mi mamá los interrogó sobre sus vidas. No eran de La Habana, dormían en incómodas literas, sufrían por la distancia, por los jefes, en fin, eran unos infelices. Con esa alma maternal que la caracteriza mi mamá los alimentó, les dio qué beber a escondidas y ellos se comprometieron a cuidarnos mientras estuviéramos solas.

Paula regresó y terminó la playa con nosotras, a Yamilet aún, 20 años después, le duele el pie.

XVI

No recuerdo cómo empezó el primer dolor o sí, si mi memoria no me traiciona estaba en la Quinta de los Molinos esperando a que me dieran una reservación para un hotel de aquellos que daba la FEU como estímulo a los mejores estudiantes, que en mi caso no era exactamente por eso sino porque el presidente era mi amigo. En esa época los cubanos no se podían quedar en los hoteles, estaba prohibido por una ley que no estaba escrita en ninguna parte pero que nadie podía desobedecer. Los hoteles de la FEU o los que le brindaban a los casados como luna de miel eran una suerte, durante unos días, podíamos sentirnos como extranjeros, que en Cuba siempre ha sido mejor que ser nacionales.

Aquel día esperamos de pie y tensos por casi cuatro horas a que llegara la muchacha que tenía las reservaciones. En Cuba se dice que esas personas, a las que se espera y que no significan nada, tienen su momento cuando tres gatos dependen de ellas para ser felices. Teníamos la reservaciones en las manos y caminamos hasta mi casa con una mueca que debía ser de felicidad pero también era un poco de genio, me preguntaba por qué teníamos que pasar tanto trabajo para todo, por qué aquella muchacha que tenía mi misma edad, se creía con el derecho de hacernos esperar y luego de maltratarnos y se me unieron mil pensamientos de este tipo hasta que sentí el primer dolor en las rodillas. Por supuesto, le eché la culpa a tener que caminar varios kilómetros, a la espera en la finca que en otro tiempo había pertenecido a un héroe mambí y extranjero, Calixto García.

Pasaron varios días, regresamos de aquel hotel en que las cucarachas caminaban junto a nosotros de madrugada por la habitación mientras afuera soplaban aires de frente frío y los dolores se fueron regando por todo mi cuerpo. Todo el tiempo estaba cansada y el dolor de las muñecas de las manos me impedía incluso sostener el teléfono. La faja que me prestó Tina para la columna solo me dejaba marcas de los soportes de tela pero no me aliviaba nada.

Mi mamá cada día estaba más preocupada y yo prefería no pensar en lo que estaba sucediendo, solo trataba de amortiguar los dolores con montones de analgésicos sin querer ir más allá. Los médicos no sabían qué pasaba y me mandaban de especialista en especialista con un file lleno de análisis que daban negativo mientras negaban lentamente con la cabeza. De consulta en consulta llegamos a aquella en el sótano del Calixto García. Era un espacio húmedo, oscuro, parecía un lugar deshabitado luego de una guerra. Un par de asientos a punto de caerse y 100 ancianos me dieron la bienvenida.

Yo estaba adolorida, las lágrimas se me salían solas y trataba de evitar la crisis por mi mamá, por no ser la histérica. Aguanté de pie hasta que la enfermera de casi 70 años pronunció un nombre parecido al mío y entramos a la oficina. Allí por lo menos había más luz y donde sentarse, muy cerca del médico. Él era joven, mulato, alto y se sorprendió al verme. Semanas después nos confesaría que no le había gustado el color que tenía aunque eso fuera lo que le hizo descubrir el diagnóstico. No es sacado de una película de misterio, pero para hacer todo más dramático, menos real, la pila del lavamanos no dejaba de hacerse sentir con una gota minúscula e insoportable.

El médico se echó hacia atrás en su asiento también desvencijado y leyó con calma cada uno de los análisis previos, volteaba una a una las hojas de papel de traza donde estaban los resultados a pruebas de todo tipo. Cuando terminó respiró profundo, miró a mi mamá por un momento y luego me mandó a poner de pie. Con sus dedos gordos y fríos me fue tocando en muchos puntos del cuerpo y confirmando mi dolor. No podía disimular el dolor, no quería y confiaba en ese hombre aunque rondara los 35 años. Entonces se volvió a sentar y empezó a hacer unos garabatos en la parte de atrás de una receta, yo permanecía de pie mirando a mi mamá sin saber qué hacer hasta que él comenzó a hacerme preguntas. Al principio no entendía la naturaleza de las interrogantes porque eran desordenadas, de tipos diferentes, lo único que las unía era mi respuesta afirmativa. Me senté porque me di cuenta que él no me quería de pie, solo que no me iba a mandar a sentar y fue ahí cuando nos explicó que lo que tenía se llamaba Fibromialgia Reumática, que era una enfermedad producida por el estrés, que la tenían muy pocas personas y que no me iba a curar nunca. Creo que dejé de respirar por unos segundos y me imagino la expresión de mi madre.

-Tienes dos caminos, Hannah, o aprendes a vivir con la enfermedad, la sobrellevas, tomas la vida con calma o terminas en una silla de ruedas ingresada en un psiquiátrico.

Por alguna razón que desconozco no empecé a llorar como se hubiera esperado, creo que estaba impactada, anestesiada. Antes de salir de la consulta en aquella casa de brujas, el reumatólogo nos dio algunas tretas para jugarle a la enfermedad, llenarme de alcanfor cuando entrara en crisis, que era siempre hasta ese momento, masticar aspirina con miel de abeja y asistir a clases de Yoga, de Tahichí y de cualquier otra cosa que me hiciera relajar.

Nos preguntamos de dónde carajo salía todo ese estrés que me había enfermado. Los míos no eran problemas, conocía personas que sí pasaban por momentos difíciles y no se enfermaban. Estaba en tercer año de la carrera y la decana me propuso darme una licencia, me brindó unos meses de descanso en casa. Me negué, lloré, pataleé, fui a la escuela llena de vendas y con peste a vieja con mentol, se me salieron las lágrimas del dolor tan intenso parada en una esquina del aula mientras Eduardo Morales explicaba la estética del movimiento Post-Modernista, pero no me conformé. Pensándolo así es la mayor prueba de fuerza que he dado en toda mi vida. La maestra de guión quiso suspenderme por falta de asistencia a su clase y para que no lo hiciera tuve que entregarle un guión de 60 páginas escrito e impreso en 3 días. Al final me dio 3, pero la nota estaba puesta desde mucho antes.

No sabíamos qué hacer ya, nada funcionaba, los dolores seguían y amenazaban con hacerme llevar una vida miserable hasta que la negra que cosía en el taller de mi mamá propuso hacer una misa espiritual. Yo había recibido los guerreros hacía muchos años, andaban por mi casa como un adorno más pero había llegado el punto en que necesitábamos creer en algo, buscar la solución por otras vías.

Pusimos una mesa con un mantel blanco en el cuarto de la costura, encima, 7 vasos con agua clara y una copa en el medio con una cruz, encendimos una vela y llenamos la habitación de inciensos y marpacíficos. Éramos mi mamá, la negra enviada por Orula, Maritza y Josefina, las otras que cosían con mi mamá, mi abuela y yo. Comenzaron los cantos espirituales, mis dolores comenzaron a ser reemplazados por una sensación de tranquilidad que pocas veces he vuelto a sentir y entre la Negra y Maritza, me hablaron de mi vida, de cosas que me habían pasado, de cosas que estaban sucediendo en ese mismo momento y por supuesto, también del futuro. Me impresionó que personas que no me conocían me dijeran cosas que solo yo sabía y todos los espíritus coincidieron en que tenía que hacerme santo, urgente, sin esperar, porque Orula ya no me iba a cuidar más, su pacto de sostenerme durante 7 años había terminado hacía 8.

La religión era para mí parte de la cultura de la nación. Había visto espíritus montados decir y hacer cosas impresionantes y cada vez que tenía un problema había ido a pedirle a Yemayá a su iglesia. Estaba consciente de que existía algo que el ser humano aún no había sido capaz de entender y que movía nuestras vidas, nuestros actos y pensamientos con hilos invisibles que sin embargo, el hombre diestro, entrenado, sabio, era capaz de torcer para bien y también para mal. Pero de ahí, de esa filosofía del desconocimiento y el respeto a coronarme un santo, a comprometerme religiosamente, a estar un año vestida de blanco con todos los collares y atuendos del Iyawo, a comer en el piso durante 3 meses, a pelarme al rape, a no poder mirarme en el espejo ni tirarme fotos hasta el ebbó y a regir mi vida por algo que se llamaba Ita, entre esas dos cosas, había demasiado espacio libre.

Pasaron como dos meses entre aquella misa y el día en que mi mamá me sentó y me dijo que me iba a hacer santo, ni siquiera era una idea para discutir. Mi mamá ya había comprado la mitad de las que cosas que hacían falta, no teníamos mucho dinero para hacerlo así que todo sería básico. Tanto que el día de la ceremonia en la Plaza fui con unos zapatos carmelitas pintados de aceite blanco que se me pegaban al piso cada vez que daba un paso. Lo hice sobretodo (además de porque no tenía otra opción), porque mi mamá tenía la esperanza de verme bien después de eso y porque yo misma tenía que tener algo en que creer. La fe era la única solución entonces.

El 6 de enero me llevaron al río y el 7 me hicieron santo. En mi cabeza rapada reposó el misterio de mi ángel de la guarda durante 7 días y 7 noches. Durante una semana estuve en la esquina de una habitación, con una estera, un pilón de madera y un techo de tela blanca. Las horas pasaban despacio y mis dolores iban despareciendo uno a uno sin alboroto. Se fueron las molestias físicas y solo me quedó un eterno y persistente miedo al dolor. Ese vive conmigo y algunos días nefastos en que mis muñecas o mis codos comienzan a doler, se instala de primero en mi cerebro. Jamás volví a tener una de aquellas crisis que me impedían hacer una vida, pero solo el recuerdo y la idea de que el día menos pensado pueden reaparecer, me hace estremecer.

Llevo mi santo de una forma particular, sana, con orgullo. Todas mis parejas han debido aceptarla y así mismo como yo me he dejado aconsejar en otros temas de la vida, ellos han debido escucharme cuando les digo lo que mis espíritus quieren que hagan. A Juan Manuel, un día hace muchos años, sentados en un sofá luego de bebernos una botella de vino Coppola, le organicé y le retraté sus principales guardianes espirituales y en todas nuestras casas han vivido juntos, los de él y los míos. A Matías tratamos de mantenerlo al margen, es pequeño y ya decidirá cuando crezca qué hacer con su vida aunque no puedo evitar bañarlo de vez en cuando con flores blancas y tenerle siempre debajo de su cama una copa con agua limpia para que tenga lindos sueños.

De vez en cuando me pongo mi Idde verde y amarillo de Orula, a pesar de que me han dicho que tengo que tenerlo puesto permanentemente y también me dejo caer en el cuello algún que otro collar de santo. Casi siempre llevo en mi cartera un resguardo que me hicieron antes de salir de Cuba la primera vez y no dejo que Juan atraviese la puerta de la casa sin antes pintarse una cruz de cascarilla debajo del zapato, que por cierto varias personas le han visto cuando él ha cruzado las piernas y se han sorprendido. Por suerte mi esposo solo se ríe de lo que pensará la gente y se deja hacer todo lo que yo quiera, porque además ha comprobado lo bien que se siente después de rogarse la cabeza o de darse un baño con flores blancas. A veces me parece que él disfruta ese mundo más que yo y que algún día, cuando tenga el tiempo, se va a hacer babalawo y va a ser él el que me aconseje.

El capítulo de mis enfermedades, de las que cargo por fuera y a las que temo, es uno de los difíciles.

XVII

-No estoy segura Adrián, déjame pensarlo unos días y te doy una respuesta.

-Espero que tu respuesta no tenga nada que ver con la novela que te has empecinado en escribir.

-No, no tendrá nada que ver con eso. Te llamo en estos días para tomarnos un café y hablar del guión, ¿sí?

-Ok.

Es cierto, la novela no tiene nada que ver. Adrián quiere que escriba un guión para Almudena la directora. Ella me parece una excelente profesional, sus cosas por lo general son buenas y es una mujer con muchas ganas de hacer, de triunfar. Todas esas características serían suficientes para que yo aceptara escribir su historia, pero no creo que lo vaya a hacer. Tengo experiencias amargas con eso. Un guión es como un hijo, uno piensa mucho antes de decidirse a tenerlo, a escribirlo. Piensa en dónde van a vivir, de qué van a vivir, cómo va a ser la relación. Y cuando comienzas, ya no hay marcha atrás, pase lo que pase en el camino, es tu guión, tu hijo y nada hay más importante que eso.

Yo sufro con mis personajes, lloro con ellos, experimento odio, alegría, me enfermo junto a ellos y debo ir al hospital y tomar pastillas, me producen insomnios largos, tediosos. Vivo sus vidas, hablo de diferentes formas, pienso por uno y por el otro y para no armar un caos en el papel, en la historia, me lo armo en mi cabeza y luego para acomodar todo eso es terrible. Cuando termino, disfruto de cambiarlo y empezar desde el principio, ya cuando conozco las situaciones como si fueran parte de mi vida, a los que hablan como si fueran mis amigos, mi familia. Después, cuando empiezo a ensayar con los actores, cuando discuto los planos con el fotógrafo, con los productores, defiendo cada entrada de luz, cada diálogo, cada silencio, cada ropa tendida, como si se fuera a acabar el mundo. Porque ya yo viví todo eso y filmarlo es como un gran Deja Vu, así de sencillo. Escucho a los actores y sé hasta dónde pueden cambiar la forma de hablar de los personajes, hasta dónde es comodidad y cuándo se convierte en pataleta, en gusto personal.

Mi primer guión de largometraje lo dirigió Magda, la madre de Pedro. Porque es una excelente directora y porque era una historia que escribí para una mujer, pero fue un desastre, el proceso fue desgarrador, perdí minutos de vida mientras daba a "¿Por qué lloran mis amigas?" en adopción. Ella tomó todo lo que yo había escrito, lo pasó por sus ojos, por su subjetividad, por su concepto de bello, de bueno y filmó otra historia. Yo estuve tan cerca como puede estar un Director de Producción de la puesta. Me fajé por preservar la ropa que me había imaginado, los colores, el pelo, la decoración de la casa, el tono de Carmen cuando contaba que había estado presa por robar alcohol. Insistí en el parecido de las actrices jóvenes, en la cadencia al hablar, en el macheo de la luz en una historia que ocurre en una tarde de verano cubana.

Coincidió con el momento en que Pedro y yo le anunciamos a la familia que lo nuestro estaba totalmente terminado, que trabajaríamos juntos y que nos queríamos como hermanos, pero que no podíamos seguir luchando por sacar adelante una relación que no existía hacía ya años. Sé que nos dolió a todos y que a Magda y a Charlie los tomó por sorpresa. Intentamos ser adultos aunque muchos me dijeron que no hacía falta una reunión familiar para terminar una relación. Tal vez todos ellos tenían razón, pero los límites se habían corrido hacía muchos años, desde hace mucho tiempo todos éramos uno y romper con eso era difícil si íbamos de a poco. Prometimos que nada cambiaría, pero era imposible desde todos los ángulos.

Lo más difícil de todo fue organizar la producción, inaugurábamos una fórmula confusa con RTV Comercial y las fechas de grabación, el presupuesto, la contratación de la técnica y de los especialistas siempre estuvo en el aire. Decidimos salir a grabar porque sí, porque éramos fuertes y porque yo me lo propuse como pocas cosas en la vida, de a Pepe.

Magda y Robertón, el director de fotografía, no se entendían y luego ella decía que nosotras lo presionábamos demasiado y él se bloqueaba. Nosotras éramos sus aliadas, Geraldine, la primera asistente de dirección y amiga personal y yo, que debía velar porque los tiempos se cumplieran. Me alejé tanto que apenas estaba en el set. Muchas veces me lo reclamaron, pero me sentía tan mal cuando veía un encuadre que no me gustaba, un movimiento de cámara, una toma a la que Magda le daba el ok y a mí me parecía fallida, que me alejé. Cuando me quedaba tiempo para estar en el rodaje y no andaba resolviendo alguno de los mil problemas que se presentaron, prefería sentarme con los técnicos a conversar.

Durante el rodaje terminó de debilitarse la relación con esa que había sido mi familia. Con Magda apenas podía hablar sin que termináramos discutiendo al igual que con Pedro que nunca me perdonó haberlo convocado como Productor de Rodaje. A Charlie no lo vi más hasta el día antes de irme a los Estados Unidos. Me imagino que cuando pasara el calor del trabajo, sentados en la mesa almorzando juntos, hayan conversado de cómo nos alejamos en esos tres meses. Yo lamenté que el trabajo influyera, que nos jugara una mala pasada.

Pero creo que lo peor con ese trabajo es que ni siquiera pude estar en la edición. Ya estaba fuera de Cuba cuando comenzó y ni siquiera pude decidir el color de los créditos y la tipografía de la presentación. La primera vez que tuve la película terminada en mis manos temblé de miedo, tanto trabajo, tantas horas de insomnio, tantas discusiones, tanta tensión, tantos sueños, aspiraciones, esperanzas, concentradas en una caja plástica de 139 x 192 cm. Preferí verla sola, a oscuras en la pantalla de mi computadora y permitirme el llanto, los sollozos, la falta de aire y los ojos inflamados. Creo que saqué todo lo que tenía guardado, se me fue el rencor hacia los ejecutivos de la televisión que hicieron todo porque no pudiera terminar la película y eché afuera el resentimiento hacia Magda por filmar otra que no era exactamente la que había escrito, hacia Pedro por parcializarse con su madre y no conmigo que era su jefa en definitiva, hacia las actrices por cambiarme los diálogos sin razón y hacia los Castro por hacerme estar lejos mientras en un cuarto a oscuras, con un programa de computación, se definía el tono, el ritmo, los colores, se escogían las mejores tomas y la música de cada plano.

Luego me reincorporé y le sugerí a los demás que la vieran, que era una buena película, mientras en silencio me prometía a mí misma no dejar que nadie más dirigiera mis guiones.

Creo que después de revivir estos días la Almudena va a tener que escribir ella misma su historia.

XVIII

Además de la película de mi abuelo Morelito, me debo unas cuantas historias que tengo guardadas en cajones de mi memoria, de esas que uno tiene necesidad de compartir. Quizá sea una película compuesta por pequeños cortos, algo que estuvo tan de moda hace algunos años, unas "Historias Especiales". Una de ellas será sin dudas, "Bienvenidos, io sono Maritza".

En este caso es una anécdota triste pero con un tono tragicómico de las que disfruta el público que se ríe sobre la leche derramada. Una historia para jugar con la tragedia, con lo oscuro y lo malvado del ser humano, con los límites. Ya hablé de mi madre, de ese espíritu de lucha, de sacrificio, de hacer cualquier cosa digna para llevar algo decente que comer a la mesa familiar.

Un día al mediodía sonó el teléfono de la casa y antes de escuchar la voz, el pito de las llamadas internacionales sonó como una alerta especial, recibir una llamada del extranjero en el año 1993 era como el canto de los Dioses. Del lado de allá del teléfono se oía, muy mal realmente, la voz de un italiano joven que le decía a mi mamá (eso creemos al menos), que era amigo de Anabel y que ella le había dicho que la llamaran porque venían a Cuba y necesitaban un lugar donde hospedarse. Mi mamá, emocionada, les dijo que no se preocuparan, que ella les resolvía ese problema. Y en serio lo hacía, mi mamá siempre ha sido la persona que todos llaman cuando necesitan resolver algo, sea lo que sea, mi mamá se encarga de averiguar, de hacer las llamadas pertinentes y si no es una gestión que solo se pueda hacer personalmente, incluso te llega con los papeles en la mano, acuñados y asentados en el registro.

Aquella vez, además de hacerlo por buena persona, porque poseía la capacidad de gestión desde nacimiento, lo hacía porque había visto en ello una forma de ganar dinero. Les rentaría dos habitaciones de nuestro apartamento de tres. Pero habría que comenzar una ofensiva hotelera inmediatamente y en tiempo récord.

Mi casa, como todas las casas en la década de los 90 en Cuba estaba falta de pintura, de decoración, de confort, estaba llena de cosas incompletas que se hacían para resolver una situación, provisionalmente y terminaban quedándose para toda la vida. Con churre en las esquinas y en las cortinas que no era por falta de limpieza, de higiene, sino de productos que hicieran escapar los ácaros y la humedad.

Se hizo una brigada de trabajadores que incluía a

Hortensita y a Olguita, dos amigas de mi madre que eran pareja y vivían muy cerca de la casa, ambas artistas y tan pobres como nosotras mismas; Nelson, el novio de mi hermana que para ese entonces ya vivía con nosotras y era el hombre de la casa; Tina y Gerardo, los militares vecinos que solo nos podrían ayudar guardando las cosas que sobraran en el nuevo orden para no meterse en problemas. A mi abuela la mandaron para el apartamento de mi madrina Zaida en la Habana Vieja, en la casa solo traería problemas, sería un estorbo pues aquello era como una brigada de construcción en la que todos hacían algo e iban a apurados de un lado a otro. En el viaje en M2, camello a la Habana Vieja, mi abuela perdió todo su capital que estaba conformado por 20 dólares que le había mandado su hijo hacía unos meses ya desde Estados Unidos.

Mientras la casa estaba movilizada y todos andábamos de un lado a otro tapando huecos en las paredes, con latas de pintura que habían comprado pidiendo préstamos a trocha y mocha, mi madre le prometía cosas a todo el mundo con el dinero de la renta y de la comida que les haría a los inquilinos.

-Hannita, vas a ver los tenis tan lindos que te voy a comprar para que vayas a la escuela. Ahh, y una mochila también para acabar de botar esa que tienes.

A mi hermana le prometió una bicicleta y una renovación en su closet y sus maquillajes viejos y rancios. Los demás recibirían un porciento del dinero en efectivo y a Tina y a Gerardo también les compraría algo, aunque fuera comida para los niños. A mi abuela se le duplicaría la suma perdida y todos, todos, seríamos felices.

Fueron días intensos, la escoba fue recortada para tapar un hueco en la puerta de la habitación principal y quedó mocha para siempre, pero andábamos por las nubes, ilusionados. El día del recibimiento se preparó una mesa de lujo, camarones en naranjas, ensalada fría con piña incluida, jugo fresco de toronja, bocadillos de jamón y queso, croquetas de jamón, servilletas, una vajilla prestada y preciosa. Todos mirábamos a la mesa ansiosos porque llegaran los huéspedes para disfrutar de aquello que era un manjar en pleno Período Especial. Olguita, que era diseñadora gráfica de algún periódico, hizo un cartel que hasta el otro día estuvo dando vueltas por debajo de los colchones de la casa que decía, "Bienvenidos amigos, yo soy Maritza", todo eso en italiano y con un caimán pintado que en cada mano tenía una bandera de Italia y otra de Cuba. Debieron comprar una barbaridad de gasolina para hacer que el carro de Nelson, un fantasma que caminaba, un Oldsmobile descapotable de mediados de siglo llegara hasta el aeropuerto.

Parados en el aeropuerto, con el cartel en alto, estuvieron mi mamá y Nelson hasta que salió el que limpió el avión en el que debían llegar los amigos italianos de Anabel. Mientras pasaban esas tres horas, nosotras en la casa mirábamos a la mesa casi a punto del desmayo y corríamos entre la sala y el balcón, espantando a las moscas y al hambre.

Los italianos nunca llegaron, no sabemos si aquello fue una broma pesada de algún conocido, una máquina como se le decía o si al final aquellos europeos se arrepintieron de visitar ese pedazo de isla venida a menos. Nos comimos todo lo que estaba servido en silencio, creo recordar que casi a la hora fue que se pudieron hacer planes para pagar lo que se debía y para retornar todas las cosas a su lugar, incluida a mi abuela con sus 20 dólares menos.

Todos aquellos sueños que mi mamá nos había tejido en una semana, quedaron rotos, muertos pospuestos una vez más.

XIX

Hoy es un día triste. Los seres humanos nunca estamos preparados para la muerte y menos para la de las personas jóvenes. Hoy ha muerto el hijo de una amiga y está tan lejos que ni siquiera podré abrazarla. Podría irme al aeropuerto y tomar el primer avión que salga para la isla, pero desgraciadamente llegaré dentro de tres días, cuando el dolor y la amargura del primer momento ya hayan pasado. Perder a un hijo es un hueco en el corazón, parecido a la marca de una bala, pero es algo que no te mata instantáneamente, sino que te liquida despacio, como las enfermedades crónicas y degenerativas.

Él solo tenía veintitantos años pero desde la primera vez que lo vi, quería morir. Era un niño triste, escondido detrás del mundo, detrás de sus espejuelos de miope irreversible. Nunca lo vi sonreír, ni agradecer. Soy testigo de que su madre probó todos los recursos para hacerlo sentir bien, pero creo que desde su nacimiento estaba destinado a morir joven y que con los cuidados y atados a este mundo, ella solo consiguió posponer lo inevitable.

Mi amiga está hecha pedazos, conversamos hace un rato y no escucho aún sus lágrimas, parece tranquila. Quiere disimular, no sé por qué extraña respuesta de su cuerpo, que quiere morirse también, que no tiene nada que hacer en este mundo ya. Se siente culpable y se está negando el derecho a sufrir lo lógico.

Y yo, dramática como siempre, no puedo evitar recordar las muertes que tuve que sufrir de lejos por causa de la maldita emigración, por tener que irme de mi país para poder soñar.

En Cuba estaba cerca del techo, estaba sola y mi abuela me iba a llevar a un hospital psiquiátrico sin escala en una clínica de día. Pasaba todo el tiempo peleándome con las autoridades por sus arbitrariedades, por la censura, por la falta de sentido común, por la lucha contra las ideas novedosas, progresistas, porque ya era hora de despertar.

Me había cansado de luchar, de levantar mi voz en todos los escenarios donde pudiera, de hacer cartas, documentos, de decirme a mí misma que sí se podía, que se iban a lograr cosas, estaba harta de confiar. Entonces decidí probar suerte en otra parte, reunirme de nuevo con mi mamá y mi hermana a la que tanto extrañaba. Salí de Cuba con la idea de empezar cargando cables en cualquier canal de televisión y así ir ganando dinero para hacer lo que de verdad me gustaba. Saqué cuentas raras que me permitirían en un año, hacer mi primera película, irme a vivir sola y ser independiente por primera vez en mis 28 años. Aunque no era lo más importante, también pensaba en tener mi propio carro, bañarme con agua caliente y en no amanecer sin café.

Todos mis trámites fueron rápidos. Llené un gusano de mi mejor ropa y el sobrepeso lo hicieron mi Eleguá, mi Obatalá, mi Ozun, mi Ochun, mi empaca, mi tesis de graduación, mi cámara de fotos y algunos recuerdos que no pude dejar atrás. La noche anterior estuvimos en la casa como hasta la 1 de la madrugada, Lourdes, Patricia, Darío, Tahimí, que era la que se iba a quedar viviendo allí y cuidando a mi abuela, Miguel Filloi, que durmió junto a mí en la cama y me maquilló para irme al aeropuerto y aquel amor de finales en Cuba que me hizo pasar unos últimos días muy lindos. Y fue grandioso porque fue una relación de antemano terminada, con los puntos sobre las íes, llena solo de pasión.

Miguel me dio mil y un consejos, me dijo que debía luchar por ser independiente en la vida, me rogó que no cambiara, que mantuviera mi naturalidad a toda costa, que no me plastificara y que por favor me maquillara, que mi rostro lo necesitaba. Me recordó mil veces que tuviera cuidado con la comida, que era muy pequeña para estar gorda y que usara condón.

Lourdes no me dijo mucho, solo que yo sabía todo lo que debía hacer, todo lo que era bueno para mí, me aconsejó que tuviera paciencia, que tomara las cosas con calma y no hiciera nada por impulso, que leyera mi libreta de Ita para recordar los consejos de mis santos y que yo sabía que iba a llegar lejos, solo era una cuestión de tiempo.

Darío apenas se despidió, estaba nervioso, por eso se fue sin apenas darme un abrazo. Solo me dijo que me quería y me dijo por enésima vez, jefesita.

Patricia era muy chica, para ella todo aquello era una diversión, un sueño de muchos, me dijo que le mandara muchas cosas, pacotilla, toda la ropa que ya no fuera a usar más y que me acordara de lo mucho que le gustaban los Converse.

Al otro día me levanté a las 5 de la mañana y Miguelito me maquilló, di vueltas, descalza, de un lado a otro de la casa. Quería irme, todavía ese día tenía tantas esperanzas, tantas ganas de empezar de nuevo. Quería demostrarme a mí misma y al mundo que podía hacerlo, que era fuerte, que nada me detendría, si el Quijote lo había hecho, ¿por qué yo no? Todavía esa madrugada, mientras revisaba que todos los documentos estuvieran bien, que nada se me quedara, no había entendido que los que ganan son los locos.

Me monté en el carro y mientras recorríamos las calles por las que había pasad millones de veces sentí un escalofrío que no pude nombrar. En el aeropuerto, como siempre, había un millón de gente llegando, esperando, llorando, gritando, gente angustiada, gente feliz. Yo me detuve un segundo antes de entrar y miré a mi alrededor, nunca más sentiría eso, era la última vez que sentía que ése era mi país, mi pedazo de tierra. Hasta esa mañana yo pertenecía al orden que movía las cosas en ese trozo del mundo, hasta ahí yo pertenecía a algún lugar.

No podía calcular cuánto se extraña la patria, el aire, el suelo, las calles, el sonido del ambiente, el sudor en los boteros. Ese día, mientras miraba a ninguna parte no pude pensar en que nunca más volvería a ser la misma Hannah, incluso en los momentos más felices de mi vida me ha faltado la Habana. Nunca antes de eso odié tanto a los Castro, a su sistema de mierda, a la sucia política que nos alcanza a todos, a Olazábal, el vicepresidente; a Ofelita, la jefa de producción; a los delegados de las circunscripciones; a los millones que llenan la Plaza de la Revolución los 1ros de mayos, lo 1ros de enero, los 2 de diciembre; al rebaño de ovejas que somos el pueblo cubano incapaz de rebelarse, de estar en contra. Ahí, parada, sin nadie que me dijera adiós, lloré por dentro por primera vez en la vida, porque no me daba la gana de regalarle mi sal a los oficiales que me miraban.

Me monté en el avión y leí algo que no recuerdo. En mis piernas iba asentada mi María Dolores del Alma. Me quedé dormida y cuando me despertaron, 30 minutos después, ya estaba en Miami. En mi otra mano estaba el famoso sobre amarillo, el que decía que era cubana y que venía a quedarme en los Estados Unidos de forma legal. Todos los que lo teníamos fuimos llevados a una oficina y después de 20 minutos de papeleo, un oficial de inmigración me dio la bienvenida al país y me dio las instrucciones para salir.

Ya estaba en Miami, en la calle, en el ajetreo de uno de los aeropuertos más grandes y más insoportables que he pisado en toda mi vida y me di cuenta que no tenía manera de avisar a mi madre y a mi hermana de que ya estaba allí. Pero en todos lados hay ángeles y una señora me prestó su teléfono. A los 20 minutos, luego de no responder a ninguna de mis llamadas y por un mensaje de voz que le dejé a mi hermana, corrieron a recibirme en la entrada G del segundo piso, si no me falla la memoria.

Mi tata y yo nos abrazamos, llevábamos casi dos años sin vernos, yo temblaba del nerviosismo y fue entonces que reaccioné, que entendí que ya estaba fuera de Cuba para siempre, que había dado el paso que no tenía marcha atrás y que empezaba una vida nueva que no dependía de mí en gran medida. Entendí que a partir de ese momento viviría en la casa de mi hermana, me pondría su ropa, usaría sus cremas, sus perfumes, sus maquillajes, sus carteras. Que había llegado a invadir su vida y un escalofrío me recorrió todo el cuerpo.

Había llegado al país al que todos quieren ir y mi nombre, mi profesión, todo lo que había estudiado, todas las entrevistas que me habían hecho, toda la fama que podía tener en Cuba, no le importaban a nadie. Yo acaba de nacer, solo que con 27 años, criterios que no siempre me ayudarían, aspiraciones, metas, expectativas y sueños que vi pospuestos por tiempo indefinido.

Llegué a un lugar en el que ni siquiera había pensado

antes y resultó ser casi una pesadilla cuando lo descubrí, cuando entendí su esencia. Cuando comencé a darme cuenta de que no había edificaciones que contaran su historia o sí, pero era una historia fea, reciente, moderna, sin interés. Una ciudad pequeña en que solo la Calle 8, la US 1 y Coral Way, eran suficientes para recorrerla toda. Descubrí en pocos días que no había llegado a los Estados Unidos, sino a una extensión de ese gran país, algo así como un municipio especial.

Sufrí cuando interioricé que lo mejorcito era la peña de aquel señor delgado y de pelo largo, resacado, fumado, que decía cantar trova y que estaba en un shopincito que nadie conocía. Empecé a sufrir al escuchar los cuentos del éxito, a conocer los personajes que no son nadie, solo una imagen holográfica, solo portada, solo papel. Cuando me di cuenta que podía guardar mi título universitario, mis 5 años de estudio, mis 4 de experiencia en el cine y la televisión y mis ganas de hacer en la misma maleta en la que lo había llevado, quise gritar, escapar, preguntar por qué.

En Miami descubrí incultura, gente de cartón, lo quish invadía todos los espacios y todas las personas hablaban de lo mismo, la sociedad de consumo me dejó un muy mal sabor hasta que conocí a Juan y descubrí que había otro mundo. Un pequeño Miami que se habían construido él y sus amigos, todos cubanos, todos jóvenes, todos graduados del ISDI. Un respirador, un sitio no contaminado en el que podía ser yo misma, sonreír, llorar, recitar un verso de Martí sin que Saavedra me quisiera pasar la aplanadora por arriba. Un espacio en el que también estaban Descemer, el Vedado Social Club y donde se podía soñar con ganar un Oscar, tener una compañía productora y un yate para que El Flaco (que ya no era flaco como aquel amigo de Mario Conde), saliera a pescar. Con esos muchachos me permití tener esperanzas de nuevo, no todo estaba perdido, no a todo el mundo le interesaba primero la marca de tus zapatos, de tu cartera o de tu reloj.

De lo primero que me di cuenta fue de que no conseguiría trabajo en ninguna televisión ni siquiera cargando cables, que el mundo se movía a través de una PC y de un celular con Internet, que no tener carro era como ser inválido, que eres según tienes, que antes de a los ojos, se mira a la cartera, a los zapatos, al reloj y que todos, todos, conocen de marcas, que nada debía dar vergüenza y que ganar 8 dólares la hora era una miseria. Se me destruyeron los sueños y recordé aquel refrán de que una cosa piensa el bodeguero y otra el borracho y también viví un poco con el otro que reza, las apariencias, siempre engañan, con la modificación general que le hice.

Mis amigos, mis ex compañeros de escuela, mis colegas de la televisión se escondían detrás de sus 23 horas de trabajo para no contestarme el teléfono y rápidamente me di por vencida. Estaba sola, si quería llegar a hacer algo, a ser alguien, debía hacerlo por mí misma. En esos meses me di cuenta que no sabía luchar, que el paternalismo en el que me había creado aquel sistema no me dejaba defenderme, buscar sin vergüenza, perseguir sin miedos.

Por otro lado, el único bueno, entendí que Estados Unidos sí era el país de las oportunidades, que en eso no me habían engañado. Vi en las noticias y descubrí poco a poco por mí misma, que se puede llegar adonde se quiere y pude comenzar a dar el consejo que me daban a mí todo el tiempo, que uno debe tener mucha, pero mucha calma y que con tesón, con ganas y con un ganchito, el cielo se alcanza.

Estaba solo a 366,86 kilómetros de La Habana, del sitio reconocido, del que me daba tranquilidad, del que me sentía reina, sin embargo estaba a 2 años de poder volver y eso pesaba más que cualquier cantidad de millas. Cuando estrenaron en el cine, por primera vez, una producción mía sin mí, cuando Pedro Luis me agradecía por haber llevado a la realidad su sueño de "Salvando al General", sentí como si se estuviera muriendo un ser querido y yo no pudiera cogerle la mano antes del último suspiro.

Estar lejos es un poco como que una parte del cuerpo muera, un pedazo del corazón queda lejos de nosotros para siempre, nunca más podemos sentir con él. Es semejante a la sensación de nunca estar completos.

Mi situación en Estados Unidos siempre fue cómoda, no pagaba renta, ni comida, ni la ropa que me ponía. Manejaba un carro del año y con Juan Manuel recorrí la parte linda y real del país, pero me faltaba la dichosa independencia que había salido a buscar lejos de Cuba. Pasarían algunos años más para lograrla, tendría que hacer muchísimas más concesiones, irme lejos no sería la única, aunque sí la más triste.

Miami es una ciudad de locos, andan venezolanos, colombianos, peruanos, boricuas, mejicanos, dominicanos, españoles, suecos, cubanos, todos como hormigas locas intentando imponer su cultura a toda costa y a pesar de no lograr ser feliz en sus tierras. Creo que a ella debo agradecerle su hospitalidad, sus opciones y descubrirme qué era la libertad.

Cuando mi esposo y yo decidimos irnos, ya Miami era parte de nosotros, nos había acogido, alimentado y nos dejaba ir feliz, sin reclamarnos nada, sin prohibirnos la entrada de vuelta. Por eso es una ciudad sin esencia, porque es para los marineros que deciden hacer escala en ella mientras se preparan para continuar el viaje en busca del tesoro.

XX

Matías ha conseguido sacarme hoy de quicio, me he quedado sin argumentos, sin explicaciones, sin palabras. Ese niño de 10 años, que llevé en mi vientre durante 9 largos meses y al que vigilo hasta el sueño, me ha desarticulado hoy en un minuto.

El mundo cambia, la tierra da vueltas y de ninguna forma nosotros podemos quedarnos en el mismo sitio. Mi hijo no me lo ha podido decir con estas palabras, pero las suyas han tenido más peso.

-Ma, no estamos en Cuba, y no son los 90'.

Quiero explicarle que se puede vivir con un solo par de zapatos, que sus padres lo hicieron y que el hecho de que él pueda y tenga más, no significa que ese es el modelo, la forma, la única posibilidad. Entonces no me queda otro remedio que sentarlo en mis piernas, tomarme un vaso de agua que me baje las palabras que tengo atoradas y regresarme 32 años en el tiempo.

Estábamos como en el 1998 o 1999 en La Habana y se formó un revuelo tremendo por un niño al que su madre y el esposo se habían llevado ilegal, en una balsa, para los Estados Unidos. En el camino, la balsa zozobró y el niño vio cómo morían su madre y su padrastro. Después de varios días a la deriva, el pequeño Elián y otras personas llegaron a Miami en una cámara de goma de camión. La prensa acaparó la noticia, el Gobierno cubano y el padre de Elián pedían la devolución inmediata del niño y la familia del mismo en Estados Unidos decía que se debía quedar, que aquello había sido el último deseo de la madre.

El estado cubano comenzó a preparar manifestaciones frente a la Oficina de Intereses de los Estados Unidos en Cuba exigiendo la devolución del pequeño. Marchas donde se concentraban miles de personas a gritar.

Fueron marchas históricas en las que el país gastó millones de pesos pues se usaba combustible para mover a las masas humanas de un lugar a otro, se imprimían pulóveres con la foto del infante, banderitas de Cuba, se hacían millones de meriendas y se construyó una plaza frente a la Oficina de Intereses de los Estados Unidos en Cuba que el pueblo llamó cariñosamente, "El Protestódromo" y cuyo nombre oficial era "Tribuna Antimperialista".

Todo aquello transcurría mientras yo estaba en la secundaria. Todos los martes, a la 1 de la tarde, mi escuela en pleno salía a desfilar hasta la dichosa tribuna.

Recorríamos kilómetros y kilómetros a pie, bajo el sol, moviendo las banderas cubanas de papel que terminaban forrando las calles de azul, rojo y blanco mientras gritábamos a voz en cuello consignas como, ¡"Libe-ren a Elián, libe-ren a Elián"! Varias veces, por no decir todos los días, llegué a mi casa sin voz. Adolescentes al fin tomábamos aquello como un juego y no nos molestaba el dolor en las piernas de tanto caminar, ni la insolación, ni el hambre y la sed, ni no saber quién era exactamente Elián, ni cómo el padre había dejado que se lo llevaran en una balsa.

Muchos zapatos quedaron en aquellas marchas por la devolución del niño. Yo lucía orgullosa unos tenis marca Paredes que mi tío me había mandado desde Miami. Gracias a ellos podía caminar todos los martes sin dolor en los pies. Desgraciadamente, después de tanto sudar, al quitarme los tenis al llegar a la casa los tenía que poner de castigo en el balcón de atrás para que se refrescara el olor, no tenían reemplazo. Allí dormían hasta el otro día que me los volvía a poner. Así fue hasta un día en que al amanecer, no encontré los tenis en el balcón. Desperté a todos en la casa preguntando si alguien los había cambiado de lugar por alguna razón, pero todas las respuestas fueron negativas.

Ese día no pude ir a la escuela porque me habían robado los únicos tenis que tenía. Por suerte, mi mamá tenía algún dinero ahorrado y fuimos a comprarme otros que no duraron tanto ni me gustaban como aquellos que habían llegado desde donde más tarde, llegaría el niño Elián para reunirse finalmente con aquel que se decía su padre.

Aún conservo mi pulóver de Elián, Matías, es gris, inmenso y para mí es como un trofeo, una prueba de las cosas que tuvimos que hacer un día en ese país de locos. A partir de ahí, como el mayor de los Castro se dio cuenta que el pueblo entretenido era mejor, comenzó la Batalla de Ideas. Meses después de terminar las marchas por la devolución del niño aparecieron las 5 caras de los "Héroes Prisioneros del Imperio" y comenzaron de nuevo las manifestaciones y las mesas redondas. Debates interminables que transmitían íntegros y en cadena por los 4 canales de la televisión y en los que aparecía casi siempre el Comandante en Jefe. Las mesas redondas sobrevivieron a la Batalla de Ideas y a la Revolución Energética. Tenían un público reducido pero hubo algunas que aumentaron el raiting del espacio como ningún otro programa, por ejemplo, aquella a la que fue Maradonna o cuando el Ministro de Relaciones Exteriores dijo todo lo que se podía hacer en Cuba con 1.00 peso y yo estoy segura que estaba drogado mientras lo hizo, también aquella en que el mismísimo Comandante en Jefe llevó los equipos electrodomésticos que el pueblo se había tenido que inventar para sobrevivir a la crisis y se burló de los aparatos, de sus funciones y además demandó a sus creadores por consumistas, por derrochadores de corriente eléctrica.

El pobre niño Elián nunca se recuperó del trauma y espero que algún día se pueda hacer algo decente sobre la historia de su vida. Yo, aunque era algunos años mayor que él, tampoco me recuperé del robo de mis tenis Paredes, de los únicos que tenía y que se suponía que me duraran por toda la secundaria. Mi mamá con los ahorros me compró unos Lotto blancos que me quedaban grandes y que a pesar del precio, enseguida se despegaron y se rompieron.

Le cuento a mi hijo y mientras hablo miro a mi alrededor. Ya no somos los mismos, ¿qué culpa puede tener mi hijo de las locuras de aquel dichoso emperador?

XXI

En algún punto de mi vida, que creo que fue el año que pasé becada, aprendí a observar a las personas, a saber hasta dónde eran capaces de entregar o de quitar. Entendí que todo sucede por alguna razón y que todo el que llega a tu vida lo hace por alguna causa. Y desde ese momento supe que no siempre estaría contenta con ese razonamiento que a simple vista, parecía correcto, justo y sencillo.

Siempre fuimos tres. Madelayne y yo nos conocíamos desde 1er grado, su madre era mi maestra y desde la primera vez que la llevaron a mi casa durante el seminternado hicimos unas ligas inseparables, nos convertimos en uña y carne. No fue hasta después de 15 años que nos separamos sin ninguna razón aparente y muchas de fondo, una de las más importantes: habíamos crecido y ya no éramos las mismas.

En 8vo grado entró Rosemarie, la santiguera. Me hice amiga de ella porque siempre me han gustado las causas perdidas y a la guajira todo el mundo le daba chucho. Además del cantao que tienen los que son del Oriente, Rosemarie no era de las más bellas, una frente inmensa que ella no disimulaba ni siquiera con el peinado, le sobresalía en el rostro. Me senté a su lado y le brindé mi goma, mis plumones de colores y mi amistad.

Con características completamente diferentes nadamos en las ricas aguas de la ingenuidad de los 13, los 14 y los 15. Juntas hablamos por primera vez de sexo, de los sueños, de los novios, de las aspiraciones, de tener 30 años y una carrera universitaria para vivir de lo que nos gustaba, de tener hijos y de ser independientes. Y empezamos a sentir que crecíamos, que estábamos dejando de ser niñas y que la cabeza se nos llenaba de musarañas y de contradicciones. Éramos inseparables, aunque alguna no estuviera de acuerdo con algo, nos apoyábamos incondicionalmente. Era una relación limpia, en la que no había intereses ni segundas intenciones de ningún tipo. Madelayne era un poco envidiosa, pero Rosemarie era un pan. La guajira era la persona más transparente que había conocido, no tenía novio ni le interesaba, estudiaba para sacar buenas notas y ayudaba a su madre a atender al hermano menor y a limpiar el cuartucho en el que vivían con un tío alcohólico e inválido. Su madre le daba un par de galletas en cualquier lugar por cualquier razón con esa sangre caliente que caracteriza a los santiagueros y que Rosemarie heredó. Siempre pensé que se iría de la casa joven, en cuanto consiguiera un tipo, pero duró allí mucho más tiempo del que nadie sospechó.

En el grupo también había varones, pero a mí no me gustaban los de mi edad. En 8vo grado me enamoré perdidamente de dos muchachos de 9no. A Luis Rubén lo íbamos a ver todas las tardes jugar pelota en el patio de la Arruñada. Teníamos la saya marcada en la piel por el sol y estábamos negritas de las tandas de beisbol a las 3 de la tarde. Era a mí a la que me gustaba, pero mis amigas me acompañaban juego tras juego. Luis Rubén ni siquiera nos miraba, creo que nunca notó nuestra presencia.

En la escuela al campo, una noche saliendo del baño, Luis Rubén me estaba esperando. Me temblaron hasta las hebillas que tenía en el pelo cuando lo vi recostado al poste de la luz guiñándome un ojo y llamándome con la mano derecha. Fui despacio hacia él aún dudando que era a mí a la que llamaba y el intrépido muchacho de 15 años me plantó un beso en la boca que fue horrible, no me gustó para nada. Me fui prácticamente corriendo, avergonzada, pero sobretodo, decepcionada. No podía creer que todo aquel cuerpo, aquella sonrisa, aquellas tardes en el terreno de pelota dándole ánimo cuando iba al bate hubieran sido en vano. No podía entender toda su fama de macho rico en la escuela, que todas estuvieran detrás de él, que siguiera arrancando suspiros de día y de noche. Se me desmoronó aquella imagen en segundos, pasé de adorarlo a detestarlo, a no querer verlo jamás. Me daba pena que pensara que mi reacción era producto de la timidez, pero no me importaba, era preferible eso a tener que darle otro beso. Durante la escuela al campo me buscó a toda hora y aprendí dos grandes lecciones, la primera, que al que no quiere caldo le dan tres tazas y la segunda, que los seres humanos somos hijos del maltrato, mientras más lo despreciaba, más parecía gustarle.

Mi otro gran amor de la secundaria fue Ronald. Este no tenía nada que ver con ningún otro, parecía mucho más viejo que todos en la escuela, ya llevaba barba y bigote y tenía un aire intelectual, misterioso, me ponía nerviosa de solo verlo avanzar por el pasillo. Jamás le dirigí la palabra. Un día lo perseguimos como en una película del sábado, para descubrir dónde vivía. Las tres mosqueteras nos escondimos detrás de las matas, dentro de las edificios, junto a los carros y al final, se nos perdió. Nadie entendía qué le hallaba yo a aquel muchacho/viejo.

Al pre entramos juntas solo Madelayne y yo, allí nos hicimos de un nuevo y grande grupo de amistades. En las últimas literas, las pegadas al ventanal, dormíamos y convivíamos Yamila, Yanaymis, Nadia, Madelayne, Zuleydis y yo. Rosemarie se fue a otro pre, allí hizo también nuevos compañeros y comenzamos a distanciarnos por regla de la vida.

XXII

Realmente, contrario a lo que muchos creerían, le agradezco a la vida, a Oscar el profesor particular de matemáticas que apenas me enseñó y a mi mamá, haber estado becada. Perdí muchos miedos y descubrí que era más fuerte de lo que yo misma pensaba. Se me quitaron pudores que luego no pude recuperar e hice amigos que aún hoy conservo.

Zuleydis es una de ellas, somos una generación fragmentada por el exilio, la Zule por ejemplo está en Italia. A ella la recuerdo flaquísima, organizando nuestra taquilla. Teníamos solo una taquilla para guardar las cosas de tres, ella, Made y yo. Zule ponía todo en su lugar, era la encargada de distribuir la comida, de organizarla para que durara toda la semana, de mantenerla limpia, libre de bichos. Al mismo tiempo me tendía la cama porque yo perfectamente podía dormir sobre el colchón pelado, me tendía la blusa porque a mí no me importaba que estuviera un poquito arrugada, era como la mamá Gallina que conduce a los pollitos. Siempre nos estaba regañando, pero no era refunfuñona y sinceramente me reía muchísimo con sus chistes, varias veces, acostada sobre mi cama, estuve a punto de hacerme pipi de la risa o de que me botaran del albergue o me dejaran sin pase mientras trataba de aguantar la risa durante la inspección de las 7 pm. Su mamá guardaba durante toda la semana el refresco de lata que le daban en el trabajo y luego Zule los llevaba a la beca. A veces teníamos la parte de abajo de la taquilla llena de refrescos, pues en el orden gastronómico de la flaca, solo tocaba a uno diario o algo parecido. Un día, Madelayne y yo, pensando que la Zule no lo notaría, cogimos un refresco y nos lo tomamos escondidas en el baño. La muchacha no solo se dio cuenta de que faltaba una Tropi Cola sino que nos dejó de hablar hasta que se le olvidó que la habíamos traicionado.

En el albergue vivíamos aproximadamente 72 muchachas entre 15 y 18 años. Estaba compuesto por tres cubículos separados solo por columnas de concreto y en cada una de estas separaciones había 12 literas. Adolescentes diferentes, criadas de las más variadas formas, hijas de gerentes de tiendas, secretarias, abogados, médicos, deportistas, amas de casa, artistas y en diferentes ambientes, Plaza, Vedado, El Cerro, Marianao. Vestíamos uniformes pero las diferencias salían por encima de ellos, estaban en los tenis, en los accesorios, en la comida que se llevaba en maletas de madera semanalmente, en la pasta dental, en los jabones y hasta en la ropa íntima. Ya en esa época había diferencias sociales y racismo en Cuba aunque las autoridades se negaran y los maestros trataran de luchar contra ellos.

Éramos niños a los que nadie obligaba a bañarse, lo único importante era cumplir con la norma del trabajo en el campo y no fumar en los pasillos, no tomar bebidas alcohólicas y no estar con los maestros. Fuera de eso, casi todo era permitido.

Esa unión de caracteres, de costumbres, de educación, de personalidades tiene que haber producido cambios irreversibles en todas nosotras. En la beca me enamoré perdidamente (como casi todas las veces) de Ariel Urra, el novio de Ana María. Fue un amor complicado, compartido por obligación pero nunca infiel (y esta es la parte en la que me sonrío). Vivíamos separados en dos bandos H2 (segundo albergue de hembras) y H3, en el primero dormí yo y en el segundo Ana María. Era una guerra solo de nosotras que nuestras compañeras de albergue decidieron tomar como de ellas también. Y Ariel en el medio, un tiempo con Ana y otro conmigo. Creo que nos quiso a las dos y en cada una encontraba cosas que lo ataban, por ejemplo, Ana María fue su primera mujer en la cama y conmigo no podía pensar en ello, no mientras viviéramos aquella relación a pedazos, sin embargo yo era más libre, me reía de todo y era feliz.

En ese tiempo también estuvo Yordanis, un muchacho

con mil problemas de conducta pero con un corazón enorme y un talento para dibujar que espero haya podido explotar. Yordanis estaba en mi aula y se enamoró perdidamente de mí (pocas veces he podido decir eso de alguien), pero como son las cosas de la vida, mi corazón pertenecía al que no me quería tanto. También por esa época intenté olvidar a Urra con Melvin, un niño lindo, algo amanerado para mi gusto, que al cabo de los años terminó saliendo del closet y declarándose abiertamente gay.

En la beca uno se enamora como solo a esa edad es comprensible, pensando que solo ese amor existe en el mundo, que luego de esos labios no hay nada más, que esa frase dicha mientras se baila en el patio de piso de tierra invadido por los mosquito, es la más bella que vamos a escuchar en la vida. A los 15 años uno se cree grande, viejo, hecho y derecho y comete errores en nombre el amor. De la beca vi entrar niñas casi santas y salir muchachas de armas tomar, conversé con vírgenes bajadas del cielo y luego con verdaderas expertas del arte del sexo. Había que estar segura de quién eras y qué querías para no caer en el juego del colectivo, de lo que hacen todas. Yo decidí por elección propia, por el momento y el lugar, ser libre, feliz.

En la beca se me metió el primero de varios insectos en el oído derecho. No sé qué tremenda suerte o qué rara disposición otorrina tengo para que esto me pase. Me llevaron en plena madrugada a una casa de madera a punto de caerse que tenía un letrero afuera que decía Posta Médica, allí dormían un médico y una enfermera.

Me pidieron que me acostara en una camilla manchada con sangre y agua y terminé sentada en un pupitre de madera como los de las escuelas antiguas. Yo me sentía el bicho caminando y el médico me decía que era un simple dolor de oídos, me inyectaron una duralgina en la nalga y me dejaron una hora esperando a que el dolor se me pasara. Al pasar la hora y no así el dolor, el médico decidió tener en cuenta lo que yo le decía del bicho y me echó un ámpula de diazepam en el oído, eso, que era lo más cercano a lo que realmente se usa en esos casos. A los dos segundos, mientras volteaba la cabeza, salía de mi oído derecho un pequeño escarabajo muerto y con las alas abiertas.

Esa fue una de las tantas veces que mi madre debió irme a recoger para llevarme enferma a la casa. No sé si ella conserva una libreta donde anotaba todos los gastos de aquella época y eran muchos, entre los viajes a Güira y los víveres con los que tenía que entrar de pase para no morirme del hambre en la escuela o de la infección por la falta de higiene que había en la cocina y en el comedor.

Recuerdo otra vez que me pasé toda la madrugada hirviendo de la fiebre en la enfermería de la beca, mientras la doctora dormía plácidamente al lado de un cuarto al que le habían puesto un muro para que contuviera 8 pulgadas de agua que de alguna forma habían llegado y estaban criando mosquitos y otros insectos allí. Estaba el cuarto de la doctora, a su derecha el mío con otra cama vacía y a mi derecha el cuarto piscina lleno de ranas y larvas. Mi madre llegó al otro día a buscarme y cuando se paró en la puerta del cuarto vecino yo no pude hablar, no pude responderle que allí estaba yo, acostada al lado. Tuve que pararme como pude de la camilla improvisada en la que llevaba más de 12 horas, caminar hasta el cuarto de al lado y abrazarme a mi mami con las únicas fuerzas que me quedaban antes de desmayarme. Mi mamá gritó, se fajó hasta con el director de educación a nivel provincial, amenazó con convocar a la prensa extranjera para que vieran las condiciones en que vivían los estudiantes becados, pero nada pasó.

Al final, entre mi madre y los médicos, decidieron que yo debía irme de la beca, que debía seguir estudiando en uno de los dos pres en la calle que estaban habilitados para las personas que como yo, no podían estar becados por causas de salud.

Así fue como solo estuve un año lejos de la familia, de La Habana, intentando crecer. Luego comencé a estudiar en el Cepero, el pre de la gente con dinero, de los tenis caros, de los familiares de los ministros, donde casi nadie estaba tan enfermo como decía su expediente. Me alejé de los amigos, comencé a vivir en otro mundo. Madelayne también se cambió a una nueva locura que había inventado Fidel para aumentar el número de maestros, pues en un país de pirámide invertida, donde un barrendero gana más que un maestro, los segundos estaban en falta y las escuelas amenazaban con quedarse vacías. Nos veíamos cada 15 días un fin de semana. Yo tenía nuevos amigos, ella también y habíamos empezado a tener intereses diferentes. Yo creo que ya sabía que quería ser artista y ella aún no sabía, ni creo que pensaba mucho en eso, qué quería ser además de maestra.

Gracias a ese chiste, a esa trampa descarada de maestros emergentes, las aulas cubanas se llenaron de jóvenes maleducados, sin conocimiento, con faltas de ortografía, que en vez de ayudar al país lo convirtieron en un desastre mayor en el que los padres ya no confían ni siquiera en la educación. Cuba era, antes de esa nueva gran equivocación, al menos un país instruido.

En el Cepero conocí a Marien, Yenisey, Gabriel, Cossette, Gerald, Victor, Ahmed y Héctor. Con ellos fui al primer y último campismo de mi vida. Allí Marien y Víctor se enamoraron mientras digeríamos una pizza hecha de la peor harina, aceite, puré de tomate y queso que podían existir. Durante mi 12 grado, escuchando a Ricardo Arjona y "el problema no es que mientas", decidí que era tiempo de perder la cosa más sobreestimada en el mundo occidental y antiguo, la virginidad. Me di cuenta que desde hacía un tiempo miraba a Héctor diferente a todos los demás, era fuerte, lindo, inteligente, sensible como se puede ser a los 18 años, aunque había algo malo. Desde hacía más o menos 3 años tenía novia, una de esas formales, de las que iban a la casa y compartían los días importantes en familia.

No obstante a ese obstáculo el 31 de octubre, en la pequeña cama del apartamento de Víctor en el costado de la escuela pasó, no fue el momento más lindo de mi vida, ni el más romántico, ni el que sueñan las muchachas que bordan ajuares, pero fue el que yo elegí, de la forma que yo quise y en el momento que creía estar preparada. Durante un rato jugamos a ser grandes, a ser novios, a casarnos luego, mientras yo sudaba y sentía un miedo hasta ese momento desconocido. Creo que el peor momento fue cuando debí vestirme al final, estaba completamente avergonzada y me di cuenta, fue como una revelación tardía, de que no conocía para nada al muchacho que intentaba ponerse el ajustado pulóver blanco mientras aún sudaba.

Cuando todo terminó, después de que nos despidiéramos en la puerta del apartamento y dejáramos a todos nuestros amigos boquiabiertos, mientras caminaba sola hacia la parada de la 174 lloré un poco por este lagrimal suelto que tengo y porque pensé que aquello podía haber sido diferente, porque necesité en ese momento un abrazo, a alguien que me tomara de la mano y me dijera que no había pasado nada malo, que lo que habíamos hecho era completamente normal.

Si tengo que ser completamente sincera como lo he sido hasta ahora hubiera querido que fuera de otra manera, no me hubieran molestado unas velas, experiencia, una canción de Pablo para terminar, pero cuando lo pienso despacio, fríamente, lo que pasó fue lo que quise y no le puedo pedir mucho más a la niña de 18 años que era, fuerte, impulsiva, inmadura, rebelde.

Nunca me molestó el dolor, la sangre, la distancia y sí

haber roto sin remedio un pacto tácito de confianza que tenía con mi mamá, el haberla engañado aquel sábado por la mañana cuando me preguntó si lo que había llegado a sus oídos por lo que en ese momento consideré la traición de un amigo, era cierto. Si no me hubiera negado las primeras 10 veces que me preguntó, recordaría esa historia con muchísimo menos pesar.

Alguna vez le conté esta historia, mi sentimiento posterior a un buen amigo y me dijo que, conociéndome como creía, nunca imaginó que fuera igual a todas las mujeres. Supongo que lo que quiso decir es que al final, a todas nos marca, de una forma u otra y yo no me salvaba de eso.

No obstante el pre fue lindo, de una forma diferente, extraña, siempre a punto de estallar, de reventar, de explotar, pero lindo.

XXIII

La Habana también es una ciudad llena de gente de todos lados, solo que lo de ella es por etapas. Primero le abrieron las puertas a los rusos, después a las víctimas de Chernobyl que se hicieron dueños de la playa Tarará, a un montón de refugiados políticos que siempre vivieron de lo mejor en la isla, guatemaltecos, nicaragüenses, mejicanos, luego llegaron los chinos a estudiar español y también a ellos los ubicaron en Tarará.

Entre esos extranjeros que un buen día llegaron a la isla repletos de esperanzas y de ganas de Caribe y sol estaban mis mejores amigos de la infancia. Yo era la única niña de su edad en el edificio y Miriam, su abuela postiza, la madre del esposo de su madre, la delegada de la circunscripción, tocó a la puerta de mi casa con un niño en cada mano y nos presentó. En ese mismo momento bajamos a la calle a jugar, a conocernos. Creo que eran los primeros extranjeros con los que yo hablaba en toda mi vida. Venían de Uruguay, su madre, Guya, se había casado con Julito y ellos iban a vivir en Cuba para siempre.

Micaela era bella, un año más pequeña que yo pero mucho más alta y fuerte. Tenía unos dientes perfectos, un pelo negro de revista de modas, era callada, noble, cariñosa y daba hasta lo que no tenía. Nos hicimos tan amigas que siempre me quedé con ganar de tenerla a mi lado, de seguir creciendo juntas, de ser la tía de sus hijos, de prestarle mis pies cuando estuviera cansada de caminar, de darle mi manta, mi anillo.

Amarú tenía mi edad, también era alto, lindo, un poco pesado como todos los niños que tienen entre 8 y 13 años y fue mi novio, el primero que recuerdo de dominio familiar, de presentaciones oficiales. Cuando teníamos como 25 años él regresó a Cuba a estudiar pero ambos habíamos cambiado demasiado y nuestra relación fue tan cambiante como el clima o más. Un día estábamos bien, conversábamos en el balcón hasta las 4 de la madrugada y al otro no nos hablábamos. Igual guardo un bonito recuerdo de él, pero creo que nunca me llevé muy bien con los varones que pretendían ser mis amigos.

La primera noche que me invitaron a comer a su casa, a la que creo que nunca había entrado en los años que llevaba viviendo allí, quedó inmortalizada porque yo, no como gato. El gateu es un postre francés que es como una panetela, pero en ese momento nadie me lo había explicado. Cuando terminamos de comer, Guya se levantó de la mesa y caminando hacia la cocina, me preguntó:

-Hannah, ¿quieres gató?

Yo enseguida respondí que no, que muchas gracias, que me tenía que ir. Me levanté de la mesa y bajé corriendo las escaleras hasta el piso de abajo. Entré sofocada a la casa y le conté a mi mamá.

-Mija, esa gente comen gato.

-¿Cómo que gato, Hannah, tú estás loca?

-Gato, mami, gato. Ellos me preguntaron que si yo quería gato, pero yo les dije que no rápido y me fui, porque yo, no como gato.

En realidad no recuerdo cómo fue que se resolvió ese malentendido, solo sé que cada vez que nos reunimos, recordamos el cuento del postre francés y el gato. Micaela también tiene uno bueno. Cleopatra, mi gata, había parido y Micaela tenía cargado a uno de los recién nacidos, uno al que le decíamos el cagao, no hace falta decir por qué y cuando mi mamá la vio, evitando que se ensuciara le gritó asustada:

-¡Suéltalo Miqui!

Y Miqui abrió las manos y lo dejó caer al piso desde su altura de 1 metro 50 centímetros. Después de eso Mino nunca más fue un gato normal, de hecho fue el único que se quedó en la casa. El querido Mino de mi abuela, que murió a los casi 13 años de una cardiopatía no descubierta a tiempo en mis manos, mientras lo llevaba por tercera vez de la Clínica Veterinaria Estatal a la consulta del veterinario particular del frente.

Fuimos inseparables por tres o cuatro años, Miqui, Amarú y yo creamos un vínculo tan fuerte que nunca más se pudo quebrar. Su madre y Julio decidieron irse del país aburridos de las carencias, de pasar trabajos de todo tipo como todos los cubanos. Guya y mi madre también se habían hecho inseparables y fue un duro golpe para ellas también.

Guya es alta, grandota y defendió a mi mamá en una bronca callejera una vez. Por cosas de muchachos terminaron en la cárcel. La mamá de las niñas de al frente había velado a mi mamá y la dejó sin blusa en medio de la calle, eso sin calcular que Guya estaba cerca y la levantó por el cuello como en las películas.

Creo que esos extranjeros en La Habana fueron mis mejores primeros amigos. Siempre estuvo Joelito, que cualquiera diría que no hablo de él porque no era extranjero, pero es un error. El Joe siempre fue más serio, trancado, introvertido, tímido. Jugábamos juntos y yo siempre terminaba pegándole, supongo que me sacaba de quicio. Siempre supo que quería ser químico, jugábamos a hacer experimentos en la terraza de su casa y en la de la mía a que yo era su maestra, su doctora y lo mismo lo ponía de castigo mientras durara el horario de juego que lo hacía aguantar mis cirugías sin reclamar. Él terminó estudiando en el pre de ciencias exactas, siendo campeón a los 15 años de las Olimpiadas Latinoamericanas de Química y haciendo su maestría en una Universidad de Alemania. Sus padres militares, que se habían conocido mientras estudiaban en Rusia en la época buena, tuvieron que resignarse a que su hijo decidiera irse del país, entre otras cosas, porque esa era la mejor manera de ayudarlos a ellos .

Al Joe una vez, camino al Zoológico de 26, se le cayó un zapato en una alcantarilla. Como si no hubieran pasado los años se repetía aquello del único par de zapatos. Por poco llamamos a los bomberos para que rescataran a aquella zapatilla que nunca más volvió a ser blanca. Mientras el niño gritaba al lado de la rejilla de la calle, los vecinos salieron, todos con una herramienta en la mano e intentaron alcanzar el zapato. No recuerdo bien cómo fue que finalmente se salvó, pero todos aplaudieron como si hubiera sido el niño y no un simple pedazo de tela y goma el que se hubiera metido dentro del hueco.

Años más tarde la más pequeña del grupo, la niñita gordita que nunca tenía ropa qué ponerse, la hermana del químico, la hija menor de los dos oficiales, se convertiría también en mi amiga. Yo tenía 26, 27 y ella, 18, 19 y salíamos juntas a los conciertos en el café del Brecht. En esos días era difícil conseguir admiradores, tenía una edad complicada, en la que no era un muchacha tímida con buen cuerpo, ni una mujer experta en las artes del amor, con dinero suficiente para invitar a rondas de cerveza. Por tanto, me dedicaba a defender a Anabel de las miradas de los tipos que la acosaban como una tía mayor y celosa de la niña. Sentadas en el parque de al frente, esperando para poder entrar, Ana me contó cosas que estoy segura no le había contado a nadie, era una niña reservada.

Recuerdo que el día que comenzó la beca le di una carta para que la leyera cuando llegara allí. En la carta le daba un par de consejos para lidiar con las mujeres del colectivo y algunas otras cosas que no recuerdo, estoy segura que esa carta debe andar aún entre las cosas de Anabel que sigue viviendo en la misma casa de siempre.

Fueron mis primeros amigos y me imagino que con ellos pase como con el primer amor, que uno nunca olvida.

Fabián era el muchacho que vivía en la casa de la esquina. Su padre era el director de una orquesta de salsa y su mamá era la representante. Él también estudiaba música, ahora no recuerdo bien si era violín o batería, pero fue, sin lugar a dudas, mi primer amor, el primer varón que me quitaría el sueño, que me haría sentir rabia, celos, dolor. Era mayor que yo, como sería casi siempre en mi vida pero en ese momento estábamos demasiado lejos, yo estaba en la primaria y él casi terminando la secundaria, tenía otros intereses, ya buscaba otras cosas en las mujeres. Mi mamá le hizo una guerra encarnizada a ese amor que terminó de diluirse sin más ni menos y le puso un nombrete al pobre muchacho que se le quedaría para siempre entre nosotras, "patas pelúas". Ya cuando la diferencia de edades no eran tan terrible intentamos tener algo pero tampoco resultó, era una relación con mala fortuna sin lugar a dudas, estaba destinada a quedarse en el recuerdo solo como el amor de la infancia.

La primera vez que regresé a Cuba, mientras preparaba mi Opera Prima, ¨Príncipe 69¨ coincidimos en un taxi. Conversamos contentos, nos contamos lo que se puede delante de otros pasajeros, su niña ya estaba grande y él se había divorciado de su esposa. Nos reímos y nos acordamos de los amigos en común, del primer beso en el comedor de la Frank País, de las caminatas alrededor de la manzana y de las llamadas telefónicas sin responder que yo le hacía y que él sabía que era yo, de aquella flor que me regaló y que aún conservo dentro de un libro y del perfume Elements, su preferido, que le regalé un 14 de febrero. Yo llegué a mi destino antes que él y me puse nerviosa al despedirme, nos dimos un beso y nos agarramos las manos. Me bajé de aquel carro temblando y de no ser porque a 90 millas de aquella ciudad de nostalgias Juan Manuel había decidido confiar en mí y porque a veces es mejor mantener la ilusión de las cosas, lo hubiera buscado luego.

XXIV

Sí, creo que generalmente he sido una persona acompañada y no de las solitarias. Aunque muchas veces quise y quiero estar sola, prefiero la soledad en compañía, el silencio al que rodea la bulla.

Me cuesta más trabajo hablar de los hombres que han estado en mi vida que de todo lo demás. Estoy escribiendo sin parar desde hace unos días. Las ideas se tejen unas con otras sin ningún problema. Basta con que estire la espalda y mire hacia arriba para comenzar el próximo capítulo. Aunque estoy segura que crecerán las historias y las descripciones cuando comience a revisar, estoy bastante cerca de lo que quiero al final. Como es mi historia y la escribo porque yo misma lo he decidido, podría omitir o agregar lo que quisiera, pero no quiero sentir que traicioné ninguna etapa ni a ninguna persona. A las peores, a las que más mal me hicieron sentir por la razón que fuera, les debo una parte de lo que soy hoy, partes incluso de las que estoy orgullosa. Si no hubiera tenido una primera jefa como Ofelia en mi vida, no hubiera aprendido a reaccionar ante las críticas malintencionadas. No necesité mucho tiempo para darme cuenta de lo terriblemente difícil que es el medio en el que decidí hacer mi vida y eso se lo debo básicamente a la señora Ofelita. A Gustavo, el innombrable, el novio más celoso que puede haber sobre la faz de la tierra, le debo haber dejado de celar para siempre, le debo pensar mejor las cosas antes de tomar una decisión de un sí y sobre todo con él entendí para siempre que yo no soy trabajadora social y que no tengo destinado un lugar privilegiado en el más allá por hacer cosas en contra de mi voluntad solo para hacer felices a los otros. Cuántas cosas valiosas me enseñó aquel al que mi madre debió acusar a la policía para que le pusieran una ley de alejamiento a mi favor pues me vigilaba, me acosaba y se me aparecía en cualquier parte a cualquier hora.

Incluso esas, las peores, tienen que estar en este libro, ellas forman parte indisoluble de la novela que puedo ser.

Quiero hablar de mis amores, de los hombres más importantes, de los que siguen significando hoy en día algo para mí, pero levanto la vista y veo a mi esposo organizando sus cuadros para la próxima exposición y no sé si esté del todo bien hacerlo. No sé si dentro de 10 años cuando este libro caiga en las manos de Matías no habrá algo que pueda ser usado en mi propia contra. Quiero hablar de los novios que me enseñaron que besarse a la luz de la luna y de los bombillos ahorradores puede resultar lo mismo, pero no sé si mi mamá termine escandalizada y mis clientes de la productora comiencen a mirarme de forma diferente. Y por esa costumbre que tengo de debatirme yo misma me voy a quitar todas esas dudas, porque esos hombres están ahí, no son un secreto para nadie y el que tenga techo de vidrio que no tire piedras al del vecino y se me sale una sonrisa que hace que mi esposo me mire y se pregunte de qué me estaré acordando.

Mi primer novio importante después del innombrable, con el primero que mantuve una verdadera relación, fue con Pedro Luis. Estudiábamos en la misma facultad y nunca nos habíamos visto. Yo estaba terminando el cuarto año y él el tercero. A su novia sí la conocía, y a pesar de no haber cruzado ni media palabra con ella, era de esas que me caían mal de gratis. Por decisión de la decana yo sería la productora de un documental que la facultad le iba a regalar a la sede de la UNESCO en La Habana. Era por un evento que ellos celebrarían durante tres días a favor de las campañas culturales para apoyar a los enfermos de sida. Pedro Luis sería el director, la novia sería la directora de fotografía, tendríamos a Carlos Rafael y a Velia como sonidistas. Yo era la mayor de todos y sentía que aquello era un castigo de la decana, sobre todo después de enterarme que Pedro era el hijo de Magda y Charlie, dos buenísimos directores de televisión a los que yo no conocía, por lo que imaginé de antemano que el niño sería un tremendo creyente. En los primeros encuentros, mientras planificábamos lo que haríamos discutimos, varias veces, no hubo química de trabajo y yo solo rezaba por terminar aquel trabajo lo antes y lo mejor posible sin que hubiera mayores problemas.

Como nada estaba realmente en mis manos, en esos tres días pasó de todo desde el punto de vista de la producción. Entre las cosas estuvo que la guagua que nos movía de un lugar a otro cogió candela justo el día que se celebraba una de las actividades más importantes. Estábamos tirados, literalmente, en el suelo del ISA con todos los equipos y sin transporte. Yo, con el celular pegado al oído, trataba de conseguir algo que nos moviera para llegar a tiempo y poder filmar el evento y estaba realmente molesta porque en el medio de aquella situación de caos, Pedro Luis y la novia se daban el lujo de tener discusiones personales, de atravesar por una crisis en su relación. Al final terminamos yéndonos en la ambulancia de un feliz paisano que nos garantizó que llegaríamos a tiempo al rodaje, él estaba de guardia toda la noche en la escuela y tenía tiempo libre. Montamos todos los equipos en la parte de atrás y yo me senté adelante. Llegamos a tiempo, aquel hombre fue a exceso de velocidad y contrario por las calles más transitadas de La Habana, en 11 minutos hicimos un viaje de 30.

Cuando llegamos al cine donde sucedería el acto yo le agradecí al ambulanciero y le dije que sobre las 10 podía regresar a buscarnos, pues aquel buen samaritano estaba dispuesto a hacer el trabajo completo. Una vez que se fue, comencé a llorar y a reírme en un real ataque de nervios, todo el cuerpo me temblaba y juré haber visto mi vida pasar por delante del parabrisas.

Pedro Luis me confesaría meses después que hubiera querido ser él, en vez de Robertón, el que me abrazara para relajarme.

El evento terminó, la relación de Pedro y de su novia también y mi historia con el innombrable parecía quedarse sin oxígeno, esa vez, para siempre, irreversiblemente, sin posibilidades de resucitar. Tres días después de terminar el rodaje del documental, Pedro y yo coincidimos en el estudio de edición de la facultad y por cosas de la tecnología estuvimos casi tres horas solos en un cubículo de 2 y medio por 2 y medio, no paramos de hablar y cuando terminamos él se ofreció a llevarme a mi casa en aquel carro que amenazaba con dejarnos sentados en la calle en cualquier momento. Cuando me dejó en la entrada del edificio se quedó esperando a que yo subiera las escaleras, yo volteé y cuando lo vi aún mirándome, con esa cara que aún hoy extraño, descubrí que había nacido algo ese día, aunque reconozco no haber calculado las dimensiones, intuí que algo estaba pasando. Creo que eso fue un jueves, hasta el domingo, hablamos por teléfono todos los días durante las madrugadas y descubrimos que no solo estudiábamos en la misma facultad, sino que vivíamos a 6 cuadras de distancia, que escuchábamos la misma música, disfrutábamos los mismos escritores, nos emocionábamos con las mismas películas y que yo no era tan autosuficiente y pesada como me había esforzado en demostrar mientras trabajábamos juntos y que él no era tan creyente e inmaduro como yo había sospechado. El domingo, porque no podíamos esperar más, Pedro caminó hasta mi casa en chancletas mientras sonaba Palmas y Cañas en todos los televisores para recoger el libro de Todo Mafalda que yo le había prometido. Se sentó en mi cama y yo me quedé parada frente a él. Ambos sabíamos lo que le seguía pero ninguno se atrevía hasta que yo me acerqué y rocé sus labios. Nos dimos un beso que duró una eternidad. El lunes yo terminé con Gustavo porque lo necesitaba como nunca, pero Pedro y yo quedamos en ir despacio, no necesitábamos comprometernos luego de las relaciones conflictivas que acabábamos de terminar.

Las vacaciones nos sorprendieron y nos fuimos juntos a Santiago de Cuba, a visitar a mi familia en Las Tunas, a que ellos lo amaran como casi todo el mundo y nada pudo hacer que nos separáramos hasta casi 7 años después. Sorprendimos a la facultad en pleno cuando comenzó el próximo curso y llegamos de manos, queriéndonos como si lleváramos toda una vida juntos y negando que hubiera pasado algo mientras él estaba con su ex. Pasamos momentos sumamente lindos, fue él el primer hombre en decirme te amo y al primero al que tuve la necesidad de responderle. La primera vez que dormimos juntos lo hicimos en una casa de campaña en la azotea de su edificio en la calle Loma. Esa noche tomamos vino Soroa, el más barato del mercado, en vasos de plástico azul, nos dormimos con la columna a punto de estallar contra el cemento, en un pequeño radio escuchamos hasta a Marco Antonio Solís y nos reímos con la boca tapada para no despertar a los vecinos. También ese día descubrimos que seríamos felices mientras nos diera la gana.

Pero muchos cambios comenzaron a operarse en nuestras vidas y a una velocidad que no entendíamos y que no podíamos controlar. Cosas para las que la relación no estaba preparada, para las que nuestras edades no estaban listas. Yo era mandona, dominante y me molestaba muy rápido, demasiado fácil. Pedro era meticuloso, ecuánime, tranquilo e independiente. Yo me gradué, me creí grande y quise organizarle la vida como me parecía mejor, distribuirle los horarios, cambiar sus hábitos.

Mientras iba descubriendo los pasillo de mi época como profesional, iba a alejándome de lo que había sido, de la Hannah de la que Pedro se había enamorado. Apenas reía, se me acaban las razones cuando entraba al lobby del ICRT y no supe separar mi inicio en el mundo real y revuelto con aquello bonito que tenía con Pedrín. Nos alejamos, yo me enfrasqué en querer cambiar lo que no tenía remedio y él decidió que estaba mejor solo.

Un día, después de terminar mi primer trabajo como Directora de Producción, sentados en su carro en una calle a oscuras me dijo que le parecía mejor que termináramos, que se estaba quedando sin oxígeno al lado mío. Lloramos tanto que no podía creer que lo que estaba pasando fuera real. Nos abrazamos, nos agradecimos, le pedí otra oportunidad, me disculpé por los últimos tiempos y él dijo por primera de muchas veces, que no había vuelta atrás.

Lloré por los meses que siguieron sin consuelo.

Teníamos que seguir viéndonos porque pertenecíamos al mismo medio, sus amigos eran mis amigos, su familia era ya la mía y viceversa y porque nos buscábamos a tientas con disimulo y sin él. Todos los que no rodeaban lo sintieron, todos decían que era algo temporal y yo no veía la hora de que aquel tiempo pasara, de que Pedro regresara a mí.

Luego de eso él tuvo una novia, yo lo acusé de haberme sido infiel, a lo que él siempre se negó y de lo que yo siempre he estado segura, es de esas seguridades que tenemos las mujeres, de esos presentimientos, de esos olores que somos capaces de notar a leguas de distancia, esa sería una de las que le dejaría pasar en aras de resolver las cosas, sobretodo porque estaba segura que no había dejado de pensar en mí aún cuando tuviera a otra persona.

Yo también intenté empezar de nuevo, sacarme todo el sufrimiento que me había dejado. Para mí Pedro era el final, mi esposo, el padre de mi hijo, el viejo con el que caminaría los perros por el barrio. Pensé que se me acababa el mundo, aunque sabía que iba a pasar, que todo aquel dolor iba a ser reemplazado por felicidad en algún momento, lloré cada pedazo de su ausencia delante del espejo. Me reprendí, me volví contra mí misma, decía que todo era culpa mía, que si no cambiaba mi carácter dominante me iba a morir sola. Nunca pudimos dejar de vernos, a veces solo para pelearnos, otras, para hablar sentados en el muro del malecón de mis planes, de los suyos, nunca pudo dejar de pedir mi opinión, sé que es una de las cosas que extrañó cuando ya no estaba. Nos quisimos aún cuando estábamos lejos, nos extrañamos aún en los brazos de otros.

No recuerdo cómo pasó, si tiene un día marcado, específico, pero nos volvimos a hacer indispensables. De alguna manera empezamos a dormir juntos todos los días, a no poder estar lejos. Pasamos de vernos los fines de semana, de saludarnos en la cara cuando nos veíamos delante de otros, a no poder separarnos. Para todos habíamos vuelto, incluso para nuestras familias. Los próximos cuatro años parecieron aún más serios, yo casi que vivía en su casa de Altahabana y no nos separábamos ni un segundo, incluso comenzamos a hacer proyectos juntos, a planear el futuro. Muchas veces le pregunté qué éramos y nunca logré que me dijera que éramos novios, entonces lloraba y me cuestionaba qué estaba haciendo yo allí, qué representaba dentro de ese orden. Comenzaba a castigarme a mí misma y me decía que estaba perdiendo el tiempo y me hacía unos líos tremendos en la cabeza que me hicieron decenas de veces ser infeliz. Todo por causa inevitable de la inmadurez. Hoy ya sé que no hay que ponerle nombres a las cosas, que las etiquetas no definen nada, solo son información complementaria para los demás y en el caso de las relaciones, solos dos personas tienen que saber, que sentir y los que están fuera de ahí, sencillamente, no importan. El haber entendido esto en aquellos días no hubiera hecho que aún estuviera al lado de Pedro, porque el amor primero ya se había esfumado, pero sí me hubiera hecho más feliz.

En total fueron 7 años de relación. Pedro era flaco, tierno pero no romántico, inteligente, inmaduro, sumamente organizado y reflexivo, un tipo de los que hay que empujar pero que luego no hay quien los pare, familiar. Resumiendo, buen tipo, de los que te meten en su bolsillo a las dos horas de conversación sin proponérselo, de los que no calculan el poder que tienen. Hay quien dice que lo robé, que me llevé conmigo parte de su encanto, por eso demoró bastante en conseguir pareja y a pesar de sonar mal, no me desagrada del todo la idea de haberlo marcado tan profundamente. Él lo hizo conmigo, un pedacito de mí aún le corresponde.

Si de alguien no me despedí como hubiera querido al irme de Cuba fue de él, pero así es el destino de complicado y jugador de malas pasadas. Me hubiera gustado hacerlo en el malecón, sentarme junto a él como decenas de veces, mirando hacia el mar mientras él colocaba su cabeza en mi hombro o me miraba como dicen que lo hacía. Ambos en silencio, dejando guardadas en el disco duro las respiraciones, los olores, los sentidos para toda la vida. Me hubiera gustado abrazarlo por más tiempo del que lo hice, delante de menos personas y mirarlo, por minutos, como solíamos hacer, como si en la retina se pudiera quedar lo más importante.

Me quito los espejuelos, levanto la cabeza como hago siempre para aspirar mejor el olor de mi historia y sonrío. El capítulo de Pedro es definitivamente un fragmento feliz de mi vida, aunque no haya pasado exactamente como yo lo quería. Juan me mira y sé que está celoso del brillo en mis ojos y no tengo ninguna manera de quitarme este sabor a mar en calma que me deja recordar a Pedro Luis.

Mario Leclere, el del nombre rimbombante, el que incita a bombos y platillos llegó cuando estaba tratando de reorganizar mi vida, de adaptarme al aire acondicionado, al agua caliente para fregar, a la crema del café con sabores, a la tarjeta para abrir la puerta del edificio, a dos carros en una casa, a la banda sonora de la Dra. Polo con su Caso Cerrado, al English Center. Aunque todos decían que yo parecía haber nacido en el Jackson y que yo misma apoyaba esa teoría, en alguna parte dentro de mí se estaban operando serios cambios defensivos con los que tuve que luchar después para que no me superaran en tamaño y fuerza, que es lo que le pasa a la mayoría de los emigrantes. Se dejan llevar por esas mañas que se toman en contra de la nostalgia, mañas que después te hacen no ser de ningún sitio, no sentir nada por ningún rincón en particular.

Luchaba también por manejar mis cambios de humor porque afectaban a los demás y en aquel apartamento pequeño de Brickell era una cosa seria. Allí no había espacio para llorar de manera independiente sin alarmar, sin tener que dar respuestas. Alguna de esas noches me robé una frase de "La novela de mi vida" de Padura y la puse en mi muro de FB. Hablaba, por supuesto, de la emigración, de las cosas que uno prefiere llevar consigo de un país a otro. Mario respondió con el primero de muchos comentarios inteligentes y llenos de tristeza optimista.

Entonces lo recordé, no su físico, sino su nombre, su talento como editor, post-productor, fotógrafo. Recordé también la muerte de su novia a los 28 años, empaté entonces su estancia en Italia con el hecho de querer olvidarla, borrar la sal que le había dejado aquel amor en la lengua y en el pecho. Recordé que yo había trabajado con ella, rubia, siempre sonriente y cuando estaba pensativa, aún lucía linda, misteriosa. Esa noche, mientras pensaba qué responderle a Mario, pensé en decirle que la conocía, que lamentaba mucho su pérdida, que no podía imaginar por lo que él estaba pasando. Por suerte, no hablamos de la muerte, solo de la vida.

Desde el fragmento de Padura, nos hicimos fijos en aquella esquina, detrás de aquel muro de FB. Comenzamos a tirarnos versos de Sabina como si fueran almohadones en la cama y sentí cómo se iban recomponiendo los pedacitos de su corazón, aquel que había echado en el bolsillo para no tirarlo en la basura, para no decir que no tenía la esperanza de que alguien se lo pudiera pegar. Nos esperábamos ansiosos cada día, a cualquier hora, incluso de madrugada. Nos convertimos en dependientes, mi madre pasaba por delante de la computadora y lo saludaba.

En ese rincón nos enamoramos, sin besos, sin manos. Nos enamoramos y decidimos casarnos, tener hijos, ser famosos, independientes, infieles, máximos. Mario vendría a los Estados Unidos urgentemente, todo se empezó a planificar, cruzaría por la frontera de México y se uniría a la otra parte de los suyos que estaba en Miami y que incluía a su papá, su hermano y su hija de 8 años. Empezaríamos de nuevo, montaríamos una empresa de producción y ahí haríamos nuestras películas, él sería el director de fotografía y el editor de las mías y yo dirigiría las suyas, además de aterrizarle y darle forma a sus guiones sueltos, desorganizados, pasionales como él mismo.

Hicimos el amor con dos pantallas y un océano de por medio y yo pude sentir su olor, sus labios, su voz en mi oído, su amor aplazado, detenido. Era lindo aquel amor que amenazaba con volverme loca, con ser una pasión de portada de diarios y revistas. Mario me decía te adoro sin miedos y la mariposa que habita entre mi estómago y mi alma, se alborotaba hasta querer salirse, creo que algún día llegó hasta el negro y lo besó para luego regresar con su aliento a puente. Fui su nube y él fue mi esperanza, y también la confirmación de que existía el hombre que estaba buscando, el casi perfecto.

Pero estábamos demasiado lejos y yo necesitaba unas tarjetas de presentación y fuimos a Koko Design Studios a ver a Juan Manuel. Y ahí estaba él, y sin sospechar que ese día le cambiaría la vida desordenada y liberal que llevaba, fue tierno, dispuesto, seguro, esperanzador y yo no pude evitar querer tenerlo cerca, conocerlo. Y el novio estaba muy lejos y yo no tenía su sabor en mis labios, ni su olor en mi nariz, ni su voz en mi oído, ni su sudor en mi piel, en aquel momento, volvió a ser una pizca de tecnología que me decía lo que yo quería escuchar, en ese instante volvió a ser una pantalla, una imagen detrás de ella. Juan Manuel me miró con sus ojos verdes que asustan y no me pidió nada pero se me ofreció entero.

Lloré y deseé que las cosas fueran diferentes, que no hubiera tanto mar de por medio, que yo no me sintiera tan sola y que Juan no fuera encantador. Lloré por los pedazos del corazón de Mario que se escapaban en desbandada de mi bolsillo, de debajo de mi almohada. Lloré porque sentí que me odiaban, que se iban dándome la espalda, sin mirar atrás, sin besos, sin gracias, solo con una mirada que nunca pensé que se pudiera borrar. Me imaginé a Mario de nuevo al borde del puente, pensándolo por enésima vez y yo tan lejos. Entonces quise abrazarlo, pedirle perdón, pero de nuevo... Mario no estaba.

No sé cómo se puede llegar a sentir todas esas cosas por alguien a quien realmente no conoces, a quien no puedes tocar. Al principio tratamos de explicárnoslo, pero después solo importaba aquello que nos hacía sentir tan bien y agradecíamos al Internet.

Nos vimos dos años después de todo aquello. Él estaba de visita en Miami y quedamos para tomarnos un café. Su padre lo dejó en el carro afuera y yo lo vi desde la ventana. Lo primero que quise hacer fue irme, escapar, me pregunté si aquello podía traer algo bueno, temí, pero Mario tiene el ángel que disipa todo lo malo a su lado. Se sentó junto a mí y la paz llegó. Mientras colocaba sus cosas en la mesa me dijo que no me iba a dar un beso y yo sonreí.

Hablamos por horas, lloramos por turno, hablando de nosotros, de La Habana que había quedado atrás, de nuestra primera película, de su novia, de Juan. Cuando nos despedimos intenté besarlo en la cara y él me abrazó de la forma más fuerte del mundo, como si quisiera que me quedara impregnada para siempre entre sus brazos, en su garganta, en su pecho, yo me dejé y por primera vez sentí su olor sin perfumes ni adornos. Cerré los ojos por un momento y me olvidé que Miami era una ciudad pequeña, que mi novio podría estar celoso. Así estuvimos hasta que su padre parqueó el carro junto a nosotros y Marlo se fue sin mirar atrás. Horas después recibí un mensaje de él que solo decía: "te lo debías."

Mario es un tipo fuerte, capaz de derrumbar las puertas más seguras, protegidas, es un caballero que canta con los Van Van y se fuma un cigarro encuero en la puerta de cualquier bar mientras sueña con acurrucar a tu hija y a esos, a los de su tipo, hay que tenerles cuidado.

XXV

La universidad era un sueño, pero también una meta, un sacrificio, una tarea de los que queríamos hacer felices a los padres. Ya en mi época no se usaba colgar los títulos enmarcados en la pared, por suerte. Pero eso además de pura estética también significaba que los títulos a nivel social, no significaban nada. Ya en mis días el que vendía refresco gaseado con parásitos al frente de la casa ganaba mucho más que el médico Jefe de Sala de cualquier hospital. Ya en mis años seguir estudiando era un lujo, luchar por el profesionalismo, una utopía.

En 12 grado, una profesora llegó al aula y mientras leía un panfleto con el nombre de las carreras universitarias que permitirían estudiantes ese año, esperó que eligiéramos en 20 minutos, lo que haríamos para toda la vida. Lo leyó varias veces y a mí me interesó la del nombre más complicado y desconocido.

-¿Qué se estudia en la Facultad de Artes de los Medios

de Comunicación Audiovisual?

La profesora se puso pálida, pues después de leer ese panfleto en las aulas anteriores y de llevar 30 años en la información vocacional, no tenía la menor idea de lo que era. Pero me dijo la fecha de las "puertas abiertas" donde podría enterarme de todo.

Entonces entendí que era la carrera de los que hacían el cine, la radio y la televisión y que se estudiaba en el Instituto Superior de Arte. Sí, con 18 años y un trozo de papel adelante decidí que mis opciones de futuro serían, aquella carrera que todos desconocían, arquitectura, diseño, periodismo y comunicación social. Haría las pruebas de aptitud de todas ellas y cualquiera estaría bien.

4 meses después estaba haciendo la prueba de Arte de los Medios con el corazón en la boca, pues me había olvidado de las fechas de todas las demás y se había convertido, de la noche a la mañana, en la única opción.

La primera fue la de cultura general. Todos entramos ansiosos a las aulas, ya una amiga de mi madre que tiraba las cartas nos había dicho que todo iba a estar bien, que la carrera era mía. La prueba tenía más o menos 400 preguntas, por suerte todas eran de verdadero o falso, de marque con una cruz, de seleccione. Hubo muchas que marqué al azar porque no tenía ni la menor idea de la respuesta correcta. Por ejemplo, ponían 12 nombres y pedían subrayar los 4 mejores directores de banda sonora del mundo. Creo que todavía hoy no podría responder a esa pregunta.

Pero la cosa era no dejar nada en blanco, según mi excelente amigo el realizador Alejandro Ramírez que años después estaría en ese tribunal examinando a los muchachos.

Cuando salí de esa prueba me senté con mi mamá que había estado rezándole a las 11 mil vírgenes durante mis 3 horas en aquella aula. En la esquina de la facultad estaba el mar y un poquito antes el Don Cangrejo en el que Betty y Maivis se emborracharían tantas veces que en algún punto perdimos la cuenta. Comencé a llorar inconteniblemente, lo hice por las dos horas que tardaron en publicar la lista de los que habían aprobado ese examen y debían pasar al próximo de cine. Mi mamá me dejó llorar mientras me decía que todo iba a estar bien, he tenido la suerte durante toda mi vida de tener personas cerca con esta expresión a flor de lengua, que aunque no te relaja, permite al menos que te mantengas estable. Regresamos justo para ver cómo la secretaria docente, Regina, se trababa al intentar decir mi nombre, y sin que llegara ni a la N intermedia ya mi mamá me estaba dando un empujón porque sabía que era Hannah Imbert lo que aquella flaca que no había superado aún la década del 90 intentaba decir.

Entré, esta vez a otra aula, ya estábamos cansados, había sido un día de tensiones. Recuerdo el silencio de aquella facultad que como otras estaba dispuesta en lo que años atrás había sido la gran mansión de gente con mucho dinero. Los baños tenían aún los azulejos hasta el techo y se conservaba cierto aire de jerarquía en sus pasillos y habitaciones. También recuerdo la sensación de egoísmo, que recordaría y sufriría durante toda la carrera. La gente se tiraba sobre sus pruebas para que no pudieras copiar ni una tilde. Yo no quería copiar, no iba a poner en aquel papel de traza nada que no me supiera, pero me molestaba ver a los que serían mis socios de aula en aquella aptitud.

4 horas después terminé de hablar de Shrek, de la intertextualidad de La Cenicienta, Blanca Nieves, de los planos medios, los colores y la música. Le entregué mi examen a Gustado Arcos que miró las tres hojas que había llenado por adelante y por atrás y me miró después a la espalda, a su culminación. Salí de allí muerta de cansancio, en un punto en el que no me importaba aprobar o no, solo quería dormir. Al otro día, si aparecía en la lista de los aprobados debería hacer la prueba de radio y al día siguiente tendría la entrevista. Esa noche el teléfono de mi casa no paró de sonar, todos querían saber cómo había salido. Yo me acosté a dormir y le dejé a mi mami la tarea de hacerles a todos la misma historia de 20 minutos de duración en la que nunca fue editado ningún pedazo.

Hice la prueba de radio y volví a sentir que había suspendido, por suerte no fue así y al tercer día me encontré frente a un tribunal de gente reconocida que me miraban tratando de descubrir en mis gestos, en mis ojos, si me podía convertir en la mejor productora o directora del cine cubano de los próximos años. Todos tenían mis pruebas en la mano, recuerdo a Gustavo Arcos, a Tulio Raggui, a Rudy Mora y a Julio Cid en aquel panel del horror y ahora me parece, no sé por qué después de tantos años, que también estaba Magda González, mi futura suegra.

Me hicieron preguntas tontas, estaban como calentando aún hasta que Gustavo me preguntó si yo sabía quién era, y mencionó un nombre femenino como ruso, ucraniano o algo así. Yo le respondí apenada que no la conocía, aunque me sonaba de alguna parte.

-Sí, te debe sonar porque la subrayaste como una de las mejores directoras de banda sonora del mundo.

Yo moví la cabeza afirmativamente, yo sabía que el nombre me era conocido, solo crucé los dedos rezando porque aquella piedra que había tirado hubiera sido efectiva.

-Pero ella no es músico, sino que es una de las mejores actrices porno de los Estados Unidos.

Cuando escuché estas palabras de Gustavo Arcos quise que la tierra me tragara, ellos se rieron al ver mi reacción, todos mis músculos faciales debieron mostrar la vergüenza que sentía, yo en mi vida había visto una película de esas, jamás, y había dicho dos veces que el nombre de la actriz me sonaba, no sabía de dónde pero me sonaba. A esa hora maldije a Alejandro que me dijo que nunca me quedara callada.

No sé si fue por mis conocimientos de cine porno o por mis notas, el próximo septiembre empecé la universidad. Llena de temores, haciéndome la friqui con una blusa de mangas largas que mi mamá me había hecho y con una cartera llena de sueños y aspiraciones entré a esa etapa de mi vida que recordaré siempre como una de las mejores. Una extraña mezcla de timidez y libertad me hicieron andar en esos primeros días. Ya a la semana habíamos creado el grupo de amigas que recorreríamos aquellas aulas, los parques aledaños y el malecón dadas de la mano cantando, "una mujer se ha perdido, circo beat y que no me toquen la puerta que el negro está cocinando". Betty, Mayvis, Orizoe y Geraldine venían de la Lenin, Arielka era nicaragüense y yo tenía fama de tener mucho dinero por lo lindo que me vestía, combinación entre las cosas que me hacía mi mamá y las que mandaba mi hermana desde Miami.

La universidad para mí fue linda, 5 hermosos años. Perdíamos mucho tiempo entre turno y turno cuando los maestros no iban, no siempre tuvimos frente al aula a los mejores, porque las estrellas preferían hacer su obra que decirnos a nosotros cuál era la mejor manera de crear, la biblioteca era un desastre y mientras estuvimos no hubo jamás una videoteca, había una sola cámara y solo la prestaban para los ejercicios de clase, no había plan de estudio sino que se iba construyendo sobre la marcha, alguien decía que era importante que los cineastas conocieran de psicología y entonces comenzábamos a dar esa asignatura, fuimos los conejillos de Indias. Para llegar a la escuela debía levantarme a las 5 y 30 de la mañana, caminar casi 12 cuadras hasta la parada del P2 y ahí esperar casi 2 horas diariamente para montarme en una guagua de la que salía completamente estropeada.

Montarse a esa hora en la guagua, llegar arriba, superar los tres escalones que la separaban de la calle era toda una epopeya. Me molestaba mucho que todos los que hacían ese sacrificio, lo hacían para ir a trabajar a sitios en los que ganaban salarios paupérrimos, ridículos, porque los que ganaban un poquito más iban a sus trabajos en carros de 10 pesos o los iban a buscar a la casa. En esa parada a las 7 de la mañana me encontraba casi todos los días a las mismas personas. Cuando veíamos la guagua doblar por la curva de 26, todos comenzábamos a acomodarnos y nunca faltaban los aprovechados, los que se querían colar, los que se olvidaban detrás de quién iban y causaban el desorden. Jamás pude superar el miedo a ese momento, el nerviosismo que solo se quitaba de la boca del estómago cuando lograba subirme o que me subieran, porque muchas veces solo bastaba con dejarse empujar. Mi amigo de la cuadra, con el que solo hablaba en la parada y que se quedaba mucho antes que yo, nunca dejaba que yo pagara y aquello me daba vergüenza a pesar de que solo eran 40 centavos.

Lo peor era regresar a casa en la tarde noche, cuando todo el mundo salía del trabajo de mal humor y cuando yo misma solo tenía deseos de volar.

En la facultad no todo el mundo era agradable y se vivía un aire de competencia constante, yo he visto más películas que tú, mi gusto rebuscado y metratrancoso es mejor que el tuyo, yo conozco a cineastas y tú no, nosotros fumamos marihuana y nos emborrachamos como perros y ustedes no, nosotros vivimos la farándula brutal y revuelta y ustedes permanecen en sus casas de cristal.

La seguridad del estado tenía becados en la facultad a gente fea que escuchaba tus conversaciones, entraban al aula de oyentes y revisaban cada uno de los ejercicios de clases, mi carrera significaba un peligro para la revolución, las cámaras y los micrófonos eran armas poderosas de doble filo.

Todo eso es una realidad, pero yo era feliz en el fondo, en la superficie me negaba, peleaba, decía que todo era una mierda, me rebelaba, me enfermaba, pero viéndolo con el matiz de los años, era feliz. Me molesta no haber aprovechado las ventajas de ser jóvenes, artistas, estudiantes, de tener cámaras y de estar en contra. Si hubiéramos tenido 30 añitos en aquellos cuerpos de 18, otros gallos hubieran cantado, estoy segura, quizá no nos hubiéramos tenido que ir.

De esa época de conciertos, de largas caminatas solo conversando, de amores frustrados que no pudieron ser o que no llegaron a ser lo que queríamos, de amistades, de descubrimientos, de rones en los parques y cantatas, de festivales de cine con un pedazo de pizza en el estómago, de Ricky copiándome en las pruebas, de Manuel casándose con la profesora de música, de Orizoe separándose de nosotras y entrando al mundo privado y maduro de Gustavo Arcos, de Dannil separándose de Betty y de los llantenes de Betty, del santo en mi cabeza rapada, de Laurita y su voto de decir solo 200 palabras al día y que terminó haciéndose novia de Leonardo que no tenía voto pero era más callado aún, de Jazmín, flaquita, flaquita tomando pastillas para los nervios que lo que hacían era tenerla flotando todo el día hasta que se las botamos en la taza del baño, de Cachirulo o Quinto, el perro de la escuela, al que llevé un día en el carro de Sebastián, mi novio de dos meses de la universidad, a la clínica veterinaria porque se le habían puesto los ojos azules, de esos días me quedaron recuerdos tan buenos que no puedo poner en una lista.

Hay personas que nunca voy a olvidar de esos 5 años y uno de ellos es el viejo Agustín que padeció conmigo cada uno de los dolores de la fibromialgia, cuando yo debía salir de un turno toda adolorida, cuando ya no sabía cómo ponerme y no podía contener las lágrimas que se me escapaban, Agustín se quedaba conmigo en silencio, me imagino que porque no sabía qué decir. Nunca le dije cuánto le agradecía su compañía, muchas veces caminó conmigo, sin aguantarme directamente pero tan cerca que no me pudiera tambalear ante el dolor, hasta la parada del P2 para que no fuera sola. Ramiro era el vecino del frente, vivía al final del pasillo y su apartamentico era una extensión de la facultad. Por alguna enfermedad se había quedado chiquitico y estaba en una silla de ruedas, la mamá hacía café para vender, pan con mayonesa, con mantequilla, cualquier cosa que pudiera amortiguar el hambre de los que salíamos directo para allá, también vendía cigarros sueltos en una cajita de madera. En aquella salita convivían los vivos con los muertos, los humanos con los santos. A veces había que pedirle permiso a alguna sopera para sentarse a su lado en una silla. En la casa de Ramiro y Violeta, todos éramos bienvenidos y se podía hablar bien, mal, a favor o en contra de cualquier cosa. Ellos vivían de nosotros y nosotros de ellos, jamás, en 5 años, vi la puerta de la casa cerrada, no importaba la hora que fuera.

Casi tres años después de irme de la facultad me enteré que Ramiro había muerto y le puse un vasito de agua con una vela en un rincón de mi casa, pedí luz para su espíritu y tranquilidad y salud para su madre. Viole no lo soportó y su fue a cuidar de su hijo donde fuera que estuviera. No puedo imaginar esa facultad si esos dos ángeles, prefiero pensar que aún andan por ahí.

No pudiera terminar de hablar de la FAMCA sin mencionar a la Heydi Grau. Era una maestra, no sé de qué porque nunca dio clases, una vez al año se encargaba de las tesis, era su coordinadora y la presidenta del tribunal de las defensas. Pero lo más importante es que Heydi es la mujer más comunista y patriota que conocí en mi vida. Aunque nos daba risa, aunque no pude aguantarme varias veces, aunque nos pareciera un personaje de una mala película, una farsa, un cirquito, sé que muchos la recordamos con cariño. Un 28 de Octubre a las 10 de la mañana, mientras descansábamos sentados en los bancos debajo de una mata que no recuerdo de qué era en el patio de la escuela, Heydi llegó con un poco de flores en la mano pidiéndonos que fuéramos con ella a echarle flores a Camilo, una ceremonia revolucionaria que se hace desde que tengo uso de razón. Pero ya nosotros estábamos muy viejos para eso y nuestros ideales eran débiles, así que todos nos quedamos sentados. Heydi no se pudo aguantar, comenzó a hablar de la revolución, de la medicina y la educación gratuitas, de los héroes que también son seres humanos, de los que se habían muerto para que nosotros no nos muriéramos de hambre. Poco a poco se le salieron las lágrimas y terminó gritando, llorando, eufórica. Agustín, el viejo, se acercó a ella y tomó una flor de su mano, lo que fue miméticamente seguido por muchos de los que estábamos sentados. Caminamos por la acera uno detrás del otro, cruzamos la Ira avenida de Miramar, bordeamos el Don Cangrejo donde se bebía cerveza. En silencio, avergonzados, pero con las flores que echamos al mar. No volvimos a hablar de eso, nadie se volvió a reír. Los que nos paramos lo hicimos por pena, porque nos dolió ver a aquella señora de casi 70 años, que recogía los huesos en los almuerzos para llevárselos de comer a sus perros, sin hijos, llorando delante de nosotros, con un amor a una patria que aunque ella no lo supiera, se había ido a bolina.

Heydi estuvo en mi tesis, me dijo que me iba a chanflear las nalgas sino la entregaba a tiempo como se lo dijo a todos los que pasaron por ese momento y lloró junto a mí cuando el tribunal, presidido por ella, me dio 5 con felicitaciones.

No nos conocimos, jamás cruzamos más de media palabra, yo me reí de ella un 28 de enero mientras recitaba los versos sencillos de José Martí, no creía ni respetaba sus principios comunistas, pero es de esas personas que llegaron un día y por una mirada, por una frase, se quedan para siempre en la memoria. De esas personas que sin querer se te cuelan y las quieres de gratis, porque sí.

Mi tesis de graduación fue "La Bala". Un día, sentados en el malecón como siempre, cuando yo estaba terminando el 4 año de la carrera y él, el segundo, Pedro me habló de un guión bélico, una historia de guerra, una situación de ficción sin que estuviera basada en ninguna contienda en específico. Solo una historia que reflejara la valentía de los jóvenes que bailaban regueaton y decían malas palabras en las colas de las guaguas. Yo lo estimulé, le dije que lo escribiera y propuse que fuera mi tesis.

Mientras Pedro iba escribiendo, yo le señalaba mi punto de vista por encima de su hombro derecho. Acostados sobre aquel colchón que gritaba al sentirnos, le propuse los nombres, la historia de cada uno. Así nació el guión de mi tesis. Sería una película para la televisión 40 minutos de tiros, emboscadas, efectos especiales, ojos sacados y patriotismo.

Nadie estuvo de acuerdo, tuvimos en contra hasta eal Ministro de las FAR. Éramos Magda, la jefa de la Redacción de Dramatizados, suegra, madre de Pedro y nosotros, dos jóvenes estudiantes, contra el mundo entero. Primero alegaron incomprensión de la historia, los que la revisaron para su aprobación en las FAR no entendían por qué, con tantas hazañas reales, había que inventarse una para hablar del valor de los cubanos, luego, falta de recursos, la crisis económica que enfrentaba el país. Lloré a mares cada auto ligero para la producción, cada uniforme militar, cada par de botas, cada casco, cada merienda. Me entrevisté con cuanto militar pude y a cada uno le rogué fe, confianza en el talento de los que empezaban.

Mi tutor me abandonó al leer el guión, me dijo que aquello era imposible, que no me lo iban a aprobar y que después no iban a aparecer las cosas para poder filmar. Estaba pidiendo millones en un país de cientos. Pero lo más grande que hay en el mundo, la fuerza más poderosa, es el deseo. Éramos pocos, pero teníamos tantas ganas de hacerlo, que nada nos pudo parar. Adelgacé 20 libras, todo el mundo en la División del Tanques me conocía como la llorona, mi relación con Pedro sufrió la primera gran herida que nunca cerró, pero hicimos "La Bala", contra todos los pronósticos, por un grupito de personas, la hicimos, la estrenamos en un Riviera abarrotado y la presentamos en la televisión en contra del mismo Presidente del país que tenía que aprobarla antes.

Yo también me quedé con heridas de guerra aunque no estuve en el combate cuerpo a cuerpo, la primera, no quería saber nada de la producción en la televisión. Me prometí no volver a pasar por eso, no tener nunca más que mendigar por lo lógico, que fajarme por lo mínimo y evidente, aunque el final fuera que me dieran el Premio de Producción en el Festival Nacional de la Televisión, no estaba dispuesta a atravesar ese camino de mediocres y gente sin sueños.

Mi tesis se la dediqué a mi escuela, a la que me enseñó, aún sin sospecharlo, todo lo que sé hoy.

XXVI

Llegaba el momento de la verdad, en el que ya nada era un chiste, el paso de responder, de demostrar lo que había aprendido. Me soltaron en una jaula con leones sin dientes pero con hambre, elefantes sin memoria, jirafas con cuellos recortados, me soltaron en el ICRT. Por el Servicio Social, para pagarle al gobierno mis 5 años en la universidad, sería durante 3 la productora ejecutiva de la Redacción de Dramatizados de la Televisión Cubana.

El cargo sonaba precioso. Llegué a una oficina al lado de la de mi suegra, con las ventanas rotas, el piso sucio, guiones sueltos y viejos por todos lados. Había tres escritorios de los cuales ninguno era mío. Había también una computadora con Internet que no debía tocar si tenía computadora en la casa. Además aun era la época de la analogía en Cuba y todo se seguía haciendo en papeles. También había tres archivos como los de la película "Plaff", obstruyendo el paso, molestando en las esquinas, regados, llenos de papeles sin sentido. Como siempre traté de organizar, de hacer de aquel espacio un sitio habitable, bonito, armónico.

Mi cargo, aquel que sonaba bello, consistía básicamente en leerme los guiones que aprobaba el Grupo Creativo (Conjunto de viejos y obsoletos directores de la televisión, salvo poquísimas excepciones que bien sobran con una mano) y en una hoja hacer algo que ellos habían llamado factibilidad. Era como adelantarle el trabajo a la jefa de la redacción que era en definitiva la que aprobaba el presupuesto antes de que pasara al piso de arriba, el séptimo, del que era reina y señora la por muchos temida, Ofelia Fernández, enemiga a muerte de mi suegra y jefa. En la factibilidad debía desglosar la cantidad de escenas, de locaciones, de personajes y sus roles, todo lo que llevara a dinero. Ya estaban preestablecidas las tarifas, los totales y los por cientos. Un cuento tenía como presupuesto 100 000.00 pesos cubanos (4000.00 CUC) y debía tener al menos 27 minutos. Con eso no alcanzaba ni para empezar los créditos, pero eran las cosas sin sentido que pasaban en la televisión, lo peor de todo, lo verdaderamente loco, era que al final se hacían y quedaban verdaderas obras del valor y la psiquiatría del arte cubano.

En mi oficina se la pasaban todo el día gritando y yo me fui directamente, por primera de muchas, a hablar con Waldo, el vicepresidente, que había sido profesor mío de documental y que por cosas de la vida, había pasado de ser un creativo de la prolífera televisión serrana a ser uno que también se dejaba manipular a ratos.

Me planté en su oficina y le dije que me tenía que sacar de aquel lugar. Que no me gustaba, que quería estar en un sitio donde fuera útil, donde sintiera que hacía algo, tenía miedo de que se me pegaran los vicios horribles de la mediocridad que había en el ambiente. Me propuso llevarme al 7mo piso, al reinado de Ofelia y le dije redondamente que no. Me ofreció entonces mandarme al Canal Habana, recién abierto y que contaba con una estética diferente, con unas ganas diferentes. Él necesitaba ahí a una persona de escuela, me entrenarían para que asumiera la jefatura de producción del canal. Me pareció una locura el cargo, pero Waldo me prometió que sería con calma, que el que estaba ocupando ese cargo me iba a ir enseñando poco a poco y además le hice jurarme que no sería un cuadro. Pero ni el vicepresidente ni el director del canal ni yo contamos con que el jefe de producción no dejaría que le arrebataran su cargo así como así y menos una muchachita trepadora que se creía que porque era graduada de la universidad y porque era la nuera de Magda, se lo merecía todo.

Entre él y su equipo me declararon una guerra solapada pero a muerte que me hizo salir a los tres meses de allí con una carta de Armando Toledo que quería que yo fuera la productora de set de su próximo teleplay.

Así me fui del canal Habana para siempre y ellos se encargaron de borrar mis pasos por allí y hasta hicieron desaparecer misteriosamente mi escueto expediente laboral, lo que más me duele de eso es que dentro estaba mi certificación de notas original.

Llegué al campo de batalla con Cecilia, Igbae (en paz descanse), que era la directora de producción. Allí trabajé con Lourdes y Marlen como asistentes de dirección y con Yanay, la futura de Mario, también Igbae. Era una historia sosa, mal contada, que prometía ser mal actuada. Mi primer encontronazo con Toledo y creo que el último fue porque los productores de la televisión no se meten en el guión y yo sí. A mí no me importaba lo que hacían los demás, aquel grupo homogéneo de gente que solo pensaba en la merienda, que se habían hecho sobre la marcha, sobre los tropiezos no tenía nada que ver conmigo y con mi forma de trabajar. Un grupo al que debía respeto, pero nada más. Me metí y le hice un par de acotaciones dramatúrgicas al guión sin saber, como siempre me pasa, que el señor canoso que permanecía callado en el extremo de la mesa, era el mismísimo guionista. Me lo presentaron, me disculpé por la forma y repetí mis sugerencias de una manera más política. Fui escuchada pero no bien recibida, no obstante decidí no callarme, seguir siendo la pesada, la autosuficiente y en todos mis futuros proyectos los directores sabían de antemano que tenían una productora que se "metía" en todo.

Trabajamos cómodos, sin contar que el plan de rodaje debió ser cambiado como 4 veces de un momento para otro, con lo que conlleva eso a nivel de producción. A pesar de que Cecilia, tan segura de mí, tan confiada en mis ganas de trabajar y mi talento y con el afán docente de ponerme a prueba apenas estuvo en el rodaje, fue una buena experiencia para mí. Yo creo que las mejores enseñanzas son las que llegan a modo de choque y sin lugar a dudas esta fue una de ellas. Fue algo así como, o aprendes a dirigir una producción sola y sin recursos o aprendes a dirigir una producción sola y sin recursos.

Cuando terminamos, Ofelia hizo una reunión en la que por alguna razón Toledo dijo que yo no había estado todo el tiempo en el set. No fue a propósito, él no lo estaba haciendo por malo y la Ofe se volteó y me dijo.

-El productor de set tiene que estar todo el tiempo en el set, es como un soldado, no se puede mover de ahí.

Me dieron ganas de gritar que estaba sola como productora, que me había tenido que hacer cargo de todo, que cómo carajo querían que lo hiciera todo. ¿Cómo pretendían que resolviera el tema del bajante del parque, la comida retrasada, la recogida de los actores, las nuevas coordinaciones producto de las variaciones en el plan de trabajo y que además estuviera las 12 horas al lado de la cámara en REC? Sin embargo me quedé dada para no echar pa' alante a Cecilia y me descontaron el 10 por ciento del salario de mierda que me pagaban. Aquel día me fajé con el mundo, me decepcioné y aprendí que la televisión era una finca y que iba a pagar cada día por estar en la familia González Grau y además iba a pagar más por haberme graduado de la universidad.

No volví jamás al Canal Habana. Luego de ese vinieron otros proyectos, mi fama como productora inteligente creció, haciendo crecer la envidia y los llamados para trabajar, todo al mismo tiempo. Muchos en el 7mo piso me dejaron de hablar, me viraban la cara al verme en el pasillo o en el elevador. Decían que era una creyente, una engreída, una chiquilla autosuficiente.

En esos tres años de trabajo me convertí en la productora de todas las obras de Charlie, la que le hacía realidad sus sueños, la que le conseguía lo que él quisiera y la única que se le paraba de frente y le decía que se estaba demorando mucho decidiéndose por una toma o explicándole a la directora de arte lo que quería. Con Charlie trabajaba cómoda, segura del valor artístico de lo que estaba haciendo y no conocí nunca a un director que respetara más mi trabajo y defendiera más mi talento como él. No había entre nosotros segundas intenciones y el cariño que construimos fue basado sobre todo en la admiración mutua. Muchos me preguntaban cómo podía trabajar con él, pues tenía fama de insoportable y tal vez lo era un poco. Pero la inteligencia, el profesionalismo, la capacidad intelectual de ese, para mí el mejor director de la televisión cubana, estaban por encima de su mal carácter por momentos, y siempre he pensado que el problema era que los demás no están acostumbrados a las exigencias de trabajar con directores de verdad.

No discutí jamás con Ofelia hasta mucho tiempo después cuando lloraría en su cara de impotencia, por las ganas de levantarle la mano y no hacerlo por respeto a sus canas. Tuvo siempre la facilidad de hablar como si tuviera toda la razón, como si no supiera que le estaban brotando barbaridades de la boca, del diafragma y yo tenía que respirar profundo para no sufrir un ataque de nervios.

Vi delante del espejo cómo me iba poniendo vieja, cómo se me volvía más pronunciada la arruga del entrecejo, cómo renegaba de todo y me iba volviendo una escéptica, una disidente. Hice mías todas las batallas, empecé a escribir cartas porque era mejor que hablar, me daba chance de organizar las palabras. Estuve en todas las reuniones, quise cambiar la televisión siempre desde el respeto, desde el cariño. Que nadie me pregunte por qué, quizá por la misma razón que a la FAMCA, pero siempre sentí al ICRT como mío. Todavía en el último viaje a Cuba me paré frente a él con mi hijo y le dije, "ese fue mi primer trabajo" y lo hice llena de orgullo, de nostalgia pero también de odio.

Waldo se convirtió en mi paño de lágrimas, me escuchaba, me daba la razón, me recitaba una canción de Silvio Rodríguez y yo me iba como un perro con el rabo entre las piernas. Recuerdo aquel viernes como a las 6 de la tarde, esa fue la hora en que pudo atenderme, en que le dije que no entendía la cabrona política cultural que era una para la programación nacional y otra para la extranjera. Fue en una época en la que censuraron en la televisión cubana cuanto dramatizado tuviera un simple desnudo mientras las series y las películas extranjeras que se ponían a cualquier hora mostraban senos, nalgas, mariguana, orgías caribeñas y estudiantes que se intercambiaban los novios en cada capítulo.

Estuve tan brava que le escribí una carta al mismísimo Ministro de Cultura con copia a mi Waldo, al Presidente del ICRT, al Presidente de la UNEAC. Aquello terminó en reuniones que a su vez concluyeron en una sesión de trabajo que presidió el ministro en persona y a la que asistieron todos los remitentes de mi carta. Para esa ocasión escribí otra donde mezclaba la molestia con la exigencia, esa tarde hablaron todas las personas que nunca lo hacían, los creadores lucieron molestos, aburridos de lo mismo y al final, nada pasó. Todos se limpiaron los oídos con nosotros y yo me declaré vencida. "La cosa" nunca cambiaría, jamás, y yo me iba a hacer viejita peleándome por nada, solo logrando nuevos enemigos.

Mi relación con Pedro sufrió todos esos embates, llegaba de mal humor y por supuesto la cogía con él, el que más cerca estaba, al que le podía soltar de carretilla todo lo que sentía, el que debía oírme y el que sabía, aunque le pesara también, que todo era cierto. Luego cuando él se graduara también lo sufriría, pero a su manera, sin coger demasiada lucha, sin pretender tumbar los molinos de viento.

Uno lo dice y lo lee fácil, pero ese país ha acabado con los sueños y las esperanzas de millones de personas. En segundos, en meses, da lo mismo, ha acabado con las alas con las que pensábamos volar. Porque además los muy hijos de la gran madre nos enseñan a volar, en la teoría nos muestran cómo despegar, cómo mantenerse, cómo aterrizar y luego, en una actitud sin sentido, loca, negándose a sí misma como una enferma esquizofrénica, nos paran en seco, nos cortan las alas con tijeras de podar árboles y nos gritan luego con euforia: "!levántate y anda!". ¿A dónde carajos quieres que ande con estos mochos? Ira escala, 90 millas. Qué asco.

Con esa misma sensación me dejó mi experiencia en el ICRT. Aunque, como siempre, buscándole las cosas buenas incluso a lo terrible, me dejó las primeras dos páginas de mi resume, a Geraldine, Lourdes (Patricia y Darío por transitividad), Sergito, Giselle, Anaisa, Omara, Alesandro y Rotilla, Dalita, Orquídea, Bárbara, Miguelito, Raydel y sus negrones que eran rubios, a Rosa con su mal carácter vendiendo café y pan con croqueta a escondidas de su jefe, negocio que heredó Baby. Me dejó la experiencia y el sabor de que podía hacer lo que fuera donde fuera. Luego nos preguntan por qué los cubanos somos tan autosuficientes.

Lourdes era la flaca pesada, primero la secretaria del Vicepresidente, después la asistente de dirección, la script y por último la secretaria del jefe de Cubavisión. Lourdes es la de las malas pulgas y es mi amiga, una de las mejores que tengo. Muchos años corren de por medio en esta relación pero nunca interfirieron, o Lourdes se pone en mi lugar muy fácil o yo tengo alma de vieja (y no te estoy diciendo vieja Lourdes). Desde el primer día estuvo en el momento justo en el lugar que yo la necesitara y le agradezco que siempre me haya dejado equivocarme para luego ayudarme a levantar del suelo y curarme las heridas. Gracias Lourdiña.

De los rodajes, de mi experiencia en el campo, me

quedan los recuerdos del agua sin hervir que se sacaba de cualquier lugar y que se enfriaba metiéndole pepinos de plástico con agua congelada en un termo naranja que sacábamos, alquilábamos, peleábamos con uñas y dientes en la ASTOC. Recuerdo que no se podía recoger a los actores en auto en su casa, sino que como todos los demás, siguiendo aquel precepto guevariano de que todos somos iguales, tenían que salir de 23 y M y que una vez me amonestaron, me quitaron el 10 % de mi salario porque con mi dinero, le eché gasolina al carro para recoger a una actriz de primera línea, y eso no me bastó, a partir de ahí lo hice todas las veces que tuve el dinero. Me acuerdo de todo un equipo de trabajo botado en una calle de las peores y más marTinales con toda la maquinaria de rodaje, de los sitios donde nos metimos, de las veces que tocamos decenas de puertas pidiendo que nos enseñaran la casa, que éramos de la televisión y estábamos buscando un lugar para grabar, con el miedo, siempre, de que nos llamaran a la policía, de las meriendas con jamonada podrida, los almuerzos con cosas asquerosas que ni siquiera podría decir sus nombres porque nunca pregunté. La vergüenza de después de 12 horas de intenso trabajo tener que decirle a un actor que no había ni agua, ni refresco, ni pan, ni nada, absolutamente nada, ni siquiera gasolina para llevarle hasta su casa, de la cantidad de permisos, cuños, autorizaciones, cartas que había que tener para salir a grabar. Me acuerdo de los pa´ atrás y los pa' alante. De Heriberto diciendo que no podía haber comidas de escenas, que los guionistas y los directores vieran cómo arreglaban eso o que la única pintura que había en el almacén era verde y así tenía que salir todo. Pensándolo bien Heriberto, el Director de Escenografía, era como el Picasso de la televisión con sus etapas de colores. También recuerdo al jefe de pirotecnia que después fue increíblemente ascendido y que decía que se había quedado anónimo (en vez de anonadado), pórroga (en vez de prórroga) y otras más que mi memoria ha preferido borrar por mi propia salud mental. Me acuerdo de Marino que vendía pasteles y del Barba, el especialista de efectos especiales que vendía refresco en los rodajes y de Ramón (ñuñú) el responsable de vestuario que una vez quemó una saya minutos antes de comenzar a rodar y caminó como 30 cuadras buscándole un reemplazo hasta lograrlo. Me acuerdo de Muñoz, el mejor en lo que hacía, al que denunciaron, metieron preso y cogieron de punta de lanza hasta que como toda la mierda que han hecho allí, se olvidaron de él y pudo seguir haciendo lo que era su vida, efectos especiales, poniendo bombas, haciendo tiros, heridas.

En aquellos tres años me crecieron las uñas de las manos y Lili, mi amiga productora, me decía que me había convertido en una avispita de culo colorao con garras, cada día entes de salir de mi casa debía colocarme la armadura como quien va al combate, eso después del Clorodiacepóxido que me descubrí tomando para que todo me resbalara y que casi nunca me dio resultado. Todos los especialistas llegaron a respetarme por mi seriedad, mi compromiso con la obra, nunca por dar yogurt en los rodajes ni resolver helado en la ASTOC, se sentaban en la acera porque yo no era de las que resolvía sillas plásticas en Ciego Montero pero jamás vieron en un rodaje mío un desorden, un mal ambiente, una escena quitada al director o algo que no se pudiera grabar. Revisé las necesidades de cada uno de mis trabajos con lupa y sé que molesté a más de un especialista de arte por intrusismo profesional.

Esa preferí ser yo como productora del ICRT, había otros caminos, el primero de ellos, irme de allí pues a nadie nunca le importó dónde estábamos los graduados de la FAMCA. Cuando fui a buscar mi liberación de un servicio social que nunca cobré, ni siquiera aparecía en la lista de la oficina de capacitación, para ellos yo no existía. Fueron unos años tremendos, mi abuelo un día me preguntó, casi con lástima, si me gustaba lo que hacía y le tuve que responder que sí, porque había aprendido a vivir de aquella manera rara, siempre al borde de algo.

Así perdí a Pedro y también minutos de vida. Me salí de allí para jamás volver y me dediqué al naciente, pobre, utópico, mal creído y mal pagado, cine independiente. La primera película que hice bajo esta modalidad fue "Melaza".

No sé exactamente cuál es mi crédito en esta película porque nunca la vi, pero me convocaron como Directora de Producción. Para mí era un mundo completamente nuevo, donde no existían ni la política editorial ni Ofelita. Conocía a los productores ejecutivos y Claudia había estudiado conmigo en la carrera. Pero siempre me sentí ajena a ese grupo, por más que lo intenté nunca pude integrarme. Hice mi trabajo lo mejor que pude, hasta donde me dejaron y aunque nunca tuve la oportunidad de decir un par de cosas desde el punto de vista dramatúrgico o de puesta en escena creo que no fue una mala experiencia del todo. Durante el rodaje me enamoré y me creció Melaza, mi gastritis devenida en úlcera. A las malas noches, al no comer, al tomar mucho café, al estrés y a algunas cervezas al final del día le debo este dolor en la boca del estómago que ha de acompañarme de por vida. Cobré mejor que nunca pero me dije a mí misma y le dejé claro a los demás, que jamás volvería a trabajar por esa cantidad de dinero, me sentí usada pero realmente no por culpa de nadie, sino por ese mismo cine independiente y paupérrimo que intentábamos hacer en ese entonces en Cuba para demostrar que sí se podía. Después de eso he trabajado hasta sin percibir salario, pero el sabor aquel no lo volví a sentir.

Ona dice que me pasa porque estaba equivocada de profesión en ese entonces. Mario dice que no repita más eso que soy una productora de cine que escribe guiones y le gusta dirigirlos. Al final soy solo yo, una mujer que va en contra y escribe a favor.

Antes de eso había hecho Rooster. Entre la lista de las conocidas de la universidad, de aquellas muchachas que sabía que se habían sentado junto a mí en el comedor o en el patio alguna vez estaba Heidi Fernández. Hasta ese día pertenecíamos a grupos diferentes. Una tarde cualquiera recibí la llamada de ella pidiéndome tener un encuentro de trabajo conmigo. Su novio, el ecuatoriano del aula de Pedro, estaba preparando su tesis de graduación. La idea era filmar un corto independiente a la ridícula ayuda que le podía dar la facultad. Él le había pedido un préstamo a un banco ecuatoriano y tenía algo así como 1000.00 CUC para filmar "Rooster".

En aquel entonces yo tenía mi oficina en un cuartico encima de la cocina de mi casa, en lo que algún día había sido el cuarto de criados. Allí nos reunimos y yo acepté. Quería ayudarlos, me cayeron bien y no creía que me fuera a costar mucho trabajo (error, en esta profesión, lo mínimo, cuesta mucho trabajo).

Aquellos dos ajenos, gente diferente y yo, nos hicimos socios. Mi mamá como siempre, los acogió como a sus hijos desde el primer día, le dijo a Heidi que tenía que maquillarse, que pintarse las uñas, le pasó la plancha por el pelo y le regaló un bikini. A Marcos le puso "Otrita", porque luego de una cerveza Marcos siempre preguntaba:

-¿Otrita?

Tomamos muchas cervezas en esos días, pasamos trabajo para filmar aquel corto pero nos divertimos a lo grande. ¿Lo más importante de todo? Nos sirvió para hacernos amigos, para que Heidi editara su primer trabajo como profesional, para que Yuniel entendiera que la iluminación de una ficción es diferente a la del teatro de la manera que sea y que con un buen equipo, todo era posible. En aquel cuartico debajo de la azotea hablamos junto a Salvador de orgasmos masculinos y femeninos y de la mejor manera de llegar a ellos. La casa de Salvi fue luego el cuartel y siguió siendo un sitio de cariño y buenos recuerdos.

El día antes de que Heidi se fuera para Ecuador yo fui hasta su casa en la Víbora a hacerle el pelo y a pintarle las uñas. Todavía en una esquina de la sala de aquel casón estaba la cabeza del gallo, inmensa, para temer. Yo le prometí a Heidi que iría a buscarla, le dije que no la botaran, que quería tenerla de recuerdo por el trabajo que nos costó hacerla, como un monumento a la pobreza y al sacrificio, pero al final no pude ir. No sé en qué habrá quedado aquello.

Heidi y Marcos, Otrita, se casaron y son felices a su modo. Aún no logro que vengan a visitarme y sigo en contacto con ella porque es la traductora de todas mis cosas. Aunque ahora hablo un poco de inglés confío mucho más en su ojo experto, además me ayuda que siempre me diga que le gusta lo que escribo. De hecho el otro día le dije que estaba escribiendo algo sobre mi vida y me preguntó si ella iba a ser la traductora, solo le sonreí. Si pensara en traducirlo, por supuesto que sería ella.

XXVII

Ya comienzo a sentir que este fragmento de vida se está acabando. Las anécdotas que necesitaba recordar, los sitios, los rostros, las esquinas, el mar, ya están puestos sobre estas páginas que deambulan impresas, tomando vida, por cada rincón del estudio y de la casa toda. Juan me ha dicho que le gusta y que gracias a Dios, ha podido entender algunas cosas que traía a rastras. Ya le dije que me debe agradecer a mí porque no ha sido el Señor el que ha tecleado esta novela y ni siquiera debe estar parado a mi diestra dictándomela pues me imagino que tenga cosas mucho más importantes qué hacer, al menos, eso quiero pensar.

A partir de ahora me entra una terrible ansiedad por terminar, un estado contra el que tengo que combatir siempre. Incluso cuando escribo guiones machuco los finales, los estrujo, me vengo del tiempo, de la silla y del dolor de espaldas. Por suerte reviso, mil veces, las que sean necesarias y entonces descubro erratas, pasajes mal narrados, personajes hablando en boca de otros, cosas que hubiera querido decir de otra manera.

Creo hasta ahora haber sido justa, primero conmigo misma, con La Habana y con los que han estado a mi lado en algún momento. Aún permanecen los nombres reales de todos, esa será otra tarea que emprenderé llegado el momento, cambiar uno a uno no debe ser tarea fácil y no estoy segura de si los cambie al final.

Y entonces, irremediablemente, por una manía que tenemos los seres humanos de auto castigarnos, autocensurarnos, autodestruirnos, recuerdo a mi abuela, que aún no tiene su capítulo, que se debe estar removiendo donde quiera que esté y que ahorita empieza a halarme los dedos de los pies mientras duermo.

XXVIII

Es la primera vez en toda la novela que escribo un párrafo y luego lo borro completo. No sé cómo empezar, debo recordar en este punto que mi abuela es la madre de mi madre, la mejor del mundo, la mujer a las que más amo sobre la faz de la tierra.

Yolanda no era una mala persona, solo una de las que sufrió mucho, de las que pasó por mucho en la vida y de las que nunca lo pudo superar. Aprendí en alguno de los caminos que debí tomar a no juzgar a las personas, aprendí a decir que somos diferentes y que por eso actuamos como nos viene en gana cada vez. Con ese pensamiento resolví muchos problemas en mi vida que de no ser así, aún llevaría a cuestas. Pero no lo hice con fórmula retroactiva, por eso me cuesta perdonar, entender a los antiguos, a los que no me cogieron madura y reflexiva. Mi papá y mi abuela están entonces en el mismo bando. Me da pena decírtelo abuela, porque sé cuánto lo odiabas.

Creo que por ahí empezó la cosa. Mi abuela hablaba mal de mi padre todo el tiempo, en aquella época en la que yo lo idolatraba. Después creo que está que era racista y nunca aceptó y le cayó muy bien la idea de la nieta mulata. Para ser justos jamás escuché decirle nada respecto a eso pero lo llevaba todo el tiempo con ella como una cruz. También creo que siempre sintió que mi hermana necesitaba más afecto, atención, creía que yo a pesar de ser la más chiquita, era más fuerte.

Era un problema para nosotras cada vez que una emprendía un viaje, el momento de la despedida era motivo de nerviosismo, de ansiedad, por el simple motivo de tener que darnos un beso. No nos besábamos mi abuela y yo, si lo pienso bien, podría decir cuántas veces unimos nuestras mejillas, pero es algo que no voy a hacer porque me parece de muy mal gusto. Faltaba cariño por todos lados, ninguna de las dos era de las tiernas y aquello nos mató.

La distancia fue aumentando a medida que descubría la historia. Entonces me molesté, me entristecí y la quise lejos no solo por mí, sino por mi mamá.

Borro, borro, borro, no hay razones suficientes y ella ya no está entre nosotros.

Cuando mi progenitora decidió irse a los Estados Unidos para seguir labrando el futuro, yo me tuve que quedar sola con ella. Tuvimos a una persona que nos ayudaba en la casa a cocinar y a hacer otras cositas hasta que la relación de ellas se hizo insoportable. A esas alturas, cuando la cosa se ponía muy, muy mala, la única alternativa era llamar a mi mamá a Miami para que la controlara, para que le dijera cuatro cosas que la dejaran pensando.

Fui, poco a poco, distanciándome de mi casa y luego construí mi hogar de la cocina para allá. Había dos reinos en la casa de Requena, el de mi abuela que incluía el balcón de la izquierda, la sala, el patiecito y su cuarto y el mío que lo conformaban, la cocina, el comedor, mi cuarto y el balcón de la derecha. Tener visitas era pesado y tomarse una cerveza era motivo de críticas por parte de la señora mayor. Yo era la oveja negra de la familia, ella nunca entendió a qué era exactamente a lo que yo me dedicaba, qué era lo que había estudiado durante 5 años en la Universidad ni qué defendía cuando me entrevistaban en la televisión. Para mi abuela era una borracha que se la pasaba cambiando de novio todo el tiempo, eso básicamente, porque como todo, tenía matices también.

Sin embargo tuve el placer de tener algo así como una abuela sustituta, alguien que reemplazó o que me mostró cómo debía ser ese amor de tantas generaciones de por medio. Fue Ángela, la abuela de Pedro. Con aquella señora extremadamente delgada, alta, que no paraba de toser pero nunca soltaba el cigarro encendido, de carácter áspero y ciega, me senté por muchas tardes en la terraza de la casona de Altahabana. En el otro patio le leí los libros de Historia de Cuba que había escrito y todos aquellos que había comprado mientras trabajaba y que la ciegues prematura le había impedido disfrutar. Siempre tenía puesta la misma ropa desgastada, manchada, eran solo ella y Fabio y el hombre lo tenía que hacer todo. Ella era infeliz porque se sentía inútil, porque había pasado de ser una mujer con fuerza para ser una viejita que no podía hacer nada, porque había criado a sus hijas para que el trabajo fuera lo más importante y se sentía muy sola. Yo hice todo lo que pude, me robé su cariño que fue particular pero inmenso.

Meses después de la separación con Pedro, mientras trabajaba en "Rooster", me llamaron por teléfono para decirme que estaba ingresada. Luego de fracturarse la cadera había tenido una complicación respiratoria y no había salido del hospital. Quise ir pero el trabajo y el miedo de encontrarme con la novia de Pedro me lo impidieron hasta que mi mamá hizo la llamada. Yo iba en el P2, en la puerta casi para bajarme y mi celular sonó dos veces seguidas. Contesté el teléfono y mi mamá, creo que porque no tenía claro cuánto yo quería a esa señora, me soltó su muerte como quien dice que llegó el picadillo a la bodega. Mis ojos se llenaron de lágrimas y me tuve que aguantar para no caerme. Me bajé y me fui directo a la funeraria, cuando llegué estaba yo sola. Minutos después entraría Pedro, nos abrazaríamos, comenzaríamos a llorar y seríamos durante las 3 horas siguientes el centro de las miradas. Su novia también estaba y nosotros la ignoramos, ella no pertenecía a esa parte de la historia que estábamos sufriendo. Por primera vez vi a un muerto de cerca porque Charlie me tomó de la mano y me acercó al féretro, es una imagen que tengo grabada en mi mente como si hubiera pasado ayer, jamás la pude superar, borrar o superponer con otra.

Entonces pienso que quizá no haya tenido el amor de una abuela de sangre pero tuve el de otra, y no me ha faltado nunca el cariño de los que pintan canas. Eso me ayuda a respirar, a soltar un poco de este aire que se me queda almacenado en el centro del pecho y promete con no irse jamás de ahí, aire de malos recuerdos. Pero no pretendo quedarme con él, para eso estoy haciendo este libro y al final he cambiado, maduré, crecí y me di cuenta que aunque pensaba que sí, hay muchas cosas que no son realmente importantes en la vida.

Abuela, donde quiera que estés, peleándote con quien estés o simplemente penando, buscando la solución de los errores en vidas pasadas; suerte, luz, que el tránsito sea alegre y que logres alguna vez pintar sonrisas en tu rostro.

XXIX

Se me están agotando las horas para escribir, a mi vida están llegando otros compromisos que debo cumplir y no puedo, no quiero posponer la alegría de ver este libro publicado. Aún no sé cómo se va a resolver el tema de los nombres y no estoy segura de que todos los que se reconozcan o sean reconocidos vayan a estar felices de lo que cuento en estas páginas. Si de algo tiene mucho esta novela es de verdad, he sido plenamente sincera y consecuente, podría escribir otras historias, diferentes, pero he preferido contar esta.

Cada vez que la releo buscando erratas, recuerdo nuevos acontecimientos, me llegan desde la lejanía flachazos, nombres. Yahíma, la gorda de 21 años que era auxiliar de la primaria donde estudiaba y le enseñaba a las niñas a menear la cintura como las modelos de los video clips de reguaeton; Danaysa, otra auxiliar que lloró cuando vio graduarse a su grupo predilecto, que tenía las nalgas más impresionantes que he visto en mi vida y sin embargo no tenía una vida propia fuera del patio interior de la Frank País; Elaine, la profe de Español- Literatura de la secundaria, con aquellas uñas larguísimas, jorobadas como de bruja, que decía que todos los días por la mañana, antes de pararse frente a nosotros, seres insoportables, se tomaba un cuartico de TTM, tíralo todo a mierda; Ignacio, el profesor de geografía de la secundaria que decía que había que ser bueno en lo que fuera, si íbamos a ser barrenderos, teníamos que ser los mejores barrenderos del mundo; Yuri, el compañero de aula de 8vo y 9no, el que fue a más consejos disciplinarios que a matutinos; Víctor, el mulatico lindo pero loco y desorganizado de la secundaria que me caía atrás por los pasillos en el receso para darme un beso en la boca; Leonardo, que en 6to grado me propuso que nos metiéramos en la cisterna de la escuela a enseñarnos lo que teníamos debajo de la saya y yo le dejé de hablar; Mahíta, la viejita que se murió virgen, blanca en canas, con un bastón, ciega de un ojo, pero siempre sonriente con la puerta del apartamento abierta para que los que pasaban la mantuvieran actualizada y que se murió un 31 de diciembre, minutos antes yo la fui a ver al hospital y le di un último beso a esa otra abuela sustituta; Miguelito, Ida, Dara, la familia rica de la cuadra que de un día para otro, después de resolvernos todos los problemas, se alejó hasta que casi no nos hablaban; Vivian, mi profesora de mecanografía que vivía en el último piso del edificio de la farmacia y cada vez que yo iba ponía la máquina de escribir en el elevador, marcaba el 7 y me mandaba a correr por las escaleras para esperar a que llegara; Alejandro, el hijo de aquella actriz famosa y completamente enferma de los nervios, mi primer caso social y uno de los novios más lindos que tuve antes de los 15 años, sano, puro, pero lleno de problemas, de traumas y que se casó con una india de Europa del Este; Hanoi, el negro del grupo, tan prieto como el petróleo y tan simpático como el mejor de los humoristas, lindo también, un santo que estaba siempre que yo lo llamaba para cualquier bobería de hembras, incluso para que me acompañara en aquel aparato que nos llevaba al piso 18 donde vivía Alejandro; Alejandro Fonseca, el novio médico de mi hermana, el que la sacó del adormecimiento que tenía con el flaco mal encavado de Yuri y que leía mis poemas asombrado por el atrevimiento y las temáticas de una niña de 10 años; Julito, el novio fantasma de mi mamá, que aparecía por temporadas, enamorado locamente y que ella siempre se encargaba de desaparecer a la semana, Julito, que me quiso adoptar como su hija y que hasta hubiera sido un gran padre; Cristina, la amiga de mi mamá que terminó gorda, sin dinero pero con esa risa auténtica y despreocupada de legítima hija de Ochún; Conchita, la vecina de mi última casa que tuvo que cuidar a su nieta síndrome Dawn porque su hija de 40 años murió de un dolorcito en la cabeza que terminó siendo un Derrame Cerebral y que antes de irme me prestaba pastillas para dormir y me decía que tenía que tener paciencia con mi abuela que nos espiaba desde su balcón; Lisette la grande que me dejaba mandarle correos a mi hermana desde su computadora y que poco a poco empezó a darse cuenta de que yo estaba creciendo y empezamos a tomar vino y a hablar de amores; Magalis, mi vecina del frente en la casa de toda mi vida que murió de cáncer y la última vez que la vi paradita y pensé que iba a sobrevivir estaba verde como nunca he visto nada en la vida; mis amigos de la cuadra, que a veces también eran novios pero con los que descubrí los pasadizos de la primaria y a correr después de tocar los timbres de las casa del edificio, Yosel, Henri, David, Naida, Marilene; Silvito, el negrito de al lado que durante los apagones en Cuba de 12 x 12 le gritaba a su madre para que lo bajara a buscar porque le daba miedo subir la escalera solo; Chucho, el muchacho mayor que yo, lleno de vida, lindo, que se murió de un golpe en la cabeza mientras disfrutaba en un campismo; Miguelito, el gato, que hacía que se confundieran los cuentos y que un día mi hermana no entendiera por qué Ida, que también se llamaba su dueña, había tenido que llevar a Miguelito al veterinario en vez de al hospital o por qué Miguelito había mordido a Ida; Noel, la hermana en su convento, que cuidó a su madre hasta que muriera luego de una penosa y larga enfermedad que lo consumiría también a él; Ibrahim, Ibrahina, una herencia humana que nos dejó mi hermana cuando se fue de Cuba, el niño bobo que había venido desde Santiago de Cuba a labrarse un futuro en La Habana, el que tuvo que dormir en la calle, al que un pájaro viejo y celoso le quemó todas las cosas y el otro negro feo le daba golpes y él no le acababa de meter un piñazo que lo dejara tirada en el suelo, el que sacó del campo a su sobrina para que también se hiciera enfermera y luchara por su mañana. Ibrahim, el que le tenía miedo a los gatos y gritaba de horror cada vez que uno lo asustaba, el profesor de enfermería que ponía la voz ronca para que los alumnos lo respetaran y no dijeran que era una pájara de carroza. Carmen, mi madre española, la que me tuvo en su casa y me enseñó lo que era el primer mundo en aquel viaje estímulo que me dieron en 8vo grado. Recuerdo que estuvimos solo 15 días juntas y cómo lloramos el día de la despedida. Pili y yo comenzamos y luego no hubo quién parara el llantén de los demás, creo que hasta el Alcalde lloró al verme prendida del cuello de Carmen.

Otras decenas de personajes, de nombres, podrían llenar estas páginas, muchos van a extrañar descripciones que los transporten mejor a cada uno de los escenarios y otros van a reclamar su espacio.

Si todo sale bien, Juan Manuel, desde sus oficinas de Koko Design Studios diseñará la portada de este libro de la que ya hemos estado hablando. Si mis planes se hacen realidad llegará un ejemplar a las manos de que cada persona que menciono. Si logro que muchos se sientan identificados, retratados, si le robo una sonrisa con alguno de los cuentos y alguna lagrimilla inofensiva a alguien más que a mi mamá, estaré feliz por este libro.

XXX

No puedo decir que me siento joven, llena de vida, porque eso no lo sentí ni a los 18. Me quisiera ver a mi misma como una mujer alegre, risueña, pero desde hace mucho tiempo descubrí que no era eso, desde un día en que Ona y yo estábamos paradas frente al espejo mirándonos las arrugas y yo solo tenía marcadas las del entrecejo.

Hoy, mientras miro aquel cuadro-retrato que hiciera Juan de mi rostro, sé que solo ahí está quien soy. Mi expresión no es dura, ni triste, observo la vida desde mi dimensión, pasándola a cada milésima de segundo por mis grandes ojos negros. Decidí ser una observadora para poder jugar mejor con mi tiempo. No hubiera querido estar en ningún otro sitio en ningún momento. Siempre fui colocada, aunque lloré, grité, maldije, me rebelé, en el lugar justo, en el que debía estar.

Si he logrado algunas cosas en la vida se debe a un

poder interno que pocos conocen y que nadie, ni siquiera yo he podido dominar. Tengo un cuadro espiritual muy amplio en el que habitan reyes árabes, indios, monjas, negros y negras africanas, intelectuales, gitanas y cuando todo eso se mezcla, se condensa y llega a mí, me hace el ser completamente complejo que creo que soy. Alguien dijo una vez o varias veces, que el arte no existe sin conflicto, esa es la historia de mi propia existencia, no sé si por eso podré ser considerada en el futuro como una artista.

Hubiera querido empuñar las armas alguna vez, rebelarme, gritarles cuatro verdades a la cara a aquellos ancianos de barbas largas pero soy de las que analiza, de las que solo escribe y filma.

Lo que más odio en la vida es la mentira o la omisión de la verdad, que es exactamente lo mismo. Mi mamá, desde que yo era un óvulo navegante me dijo que primero la verdad, después la verdad y por último la verdad y también me enseñó que primero se coge a un mentiroso que a un cojo. Dije muchas mentiras hasta que un día me di cuenta que solo a mí engañaba, entonces decidí vivir de la verdad, para la ficción tengo mis libros, mis guiones, mis sueños.

Amo al mar, quizá por eso no puedo desprenderme de esa isla maldita rodeada de agua salada. Todos mis problemas, mis dudas, mis malos ratos, mis molestias son capaces de desaparecer con el sonido de la madre del mundo y el ir y venir de sus olas. Cuando más mal me he sentido en la vida, he reclamado mi pedazo de océano y él me ha devuelto la paz.

Soy intolerante hacia un montón de cosas, incluso a gestos, miradas, impuntualidades. Puedo pasar a las personas de una lista a la otra por la mínima cosa y eso ha hecho desaparecer de mi vida a más de uno que prometía quedarse para siempre. En muchas de mis listas de fin de año ha aparecido el deseo de mejorar en eso, pero luego descubro que sigo en las mismas, esperemos que se me quite algún día.

Quiero vivir muchos años, quiero vivir para ver a mi hijo hacerse el hombre que él deseé, para ver envejecer a Juan Manuel y acompañarlo con bastón, andador y paleta por las calles de Trinidad, San Agustín o Vallarta y quiero lograr cosas. Quiero que al levantarse del cine después de ver alguna de mis películas una muchacha descubra el secreto de la bolsa del canguro o que siempre ha estado vacía y todo es mitología. Quiero seguir rodeada de gente más joven que sientan que tengo algo que decir sin darse cuenta que soy yo la que necesita escucharlos. Quiero confiar, creer.

Y quiero que no paremos de amarnos, que sigamos mirando al mar con esperanzas, que los aviones sigan despegando pese a la gravedad, que nos fijemos en la luz del semáforo antes de acelerar, que los muertos nos den luz y no oscuridad, que no nos olvidemos nunca que al perdonar no damos el brazo a torcer, ni somos débiles.

Que no nos olvidemos nunca de sonreír carajo y me lo digo a mi misma en altavoz, sonríe, siempre sonríe, aunque el corazón se pare, aunque la furia arranque, aunque el mar se convierta en ave de paso, sonríe. No cuesta nada, no implica más que un movimiento imperceptible y aunque no podamos calcularlo el yo de adentro lo agradece y lo agradece la viejita que cruza la calle y te ve mientras carga sus años, sus sueños incumplidos en la bolsa junto al pan y al vino y lo agradece el niño en sillas de ruedas que lucha contra el cáncer aunque suene melodramático. El mundo entero cambia cuando tú sonríes. No es karma, no es santería, no es espiritismo, no es muela, es solo risa.

Yo ya estoy sonriendo porque he terminado, con este bulto de líneas dejo atrás a aquella que me arrugó el entrecejo y el corazón prematuramente. A partir de ahora el aeropuerto José Martí no significará más que el capítulo de alguna novela que le dediqué a ese pedazo de La Habana, mis amigos estarán para siempre contenidos en estas hojas que durarán siglos más que nosotros.

Hoy, 45 años después de respirar por primera vez una bocanada de aire de este mundo, 18 de haber dejado mi país, mis calles, le doy gracias a la Isla, a la que no es responsable, a la bandera de la estrella solitaria, a la palma real que se yergue soberana, a los espíritus ancestrales que deambulan por los parques y entre los edificios que se caen, a los poemas de Martí, a la brisa testigo del mar, a los pedazos de piedra que cuentan historias, a la música del amanecer. Levanto los brazos y agradezco al cielo por poder decir que soy cubana y lo digo bien alto, lo grito, me quedo sin voz y no me

importa que los demás piensen que estoy loca y me
digo de nuevo, no es la Isla, carajo, son los hombres.

Hannah Imbert

SOBRE LA AUTORA

Hannah Imbert nació en la ciudad de La Habana, Cuba el 5 de septiembre de 1985. A los 23 años se graduó en la universidad de las artes de su país de Producción de Cine, Radio y Televisión. A partir de ese momento comenzó su obra como productora de audiovisuales, directora y también como guionista, recibiendo importantes reconocimientos dentro de esa generación de creadores. En el año 2013 se muda a vivir a Miami, Estados Unidos, donde comienza su carrera como escritora y novelista.

Made in the USA
Columbia, SC
02 October 2023